三河雑兵心得

小田原仁義

井原忠政

双葉文庫

目次

山中城攻略戦図

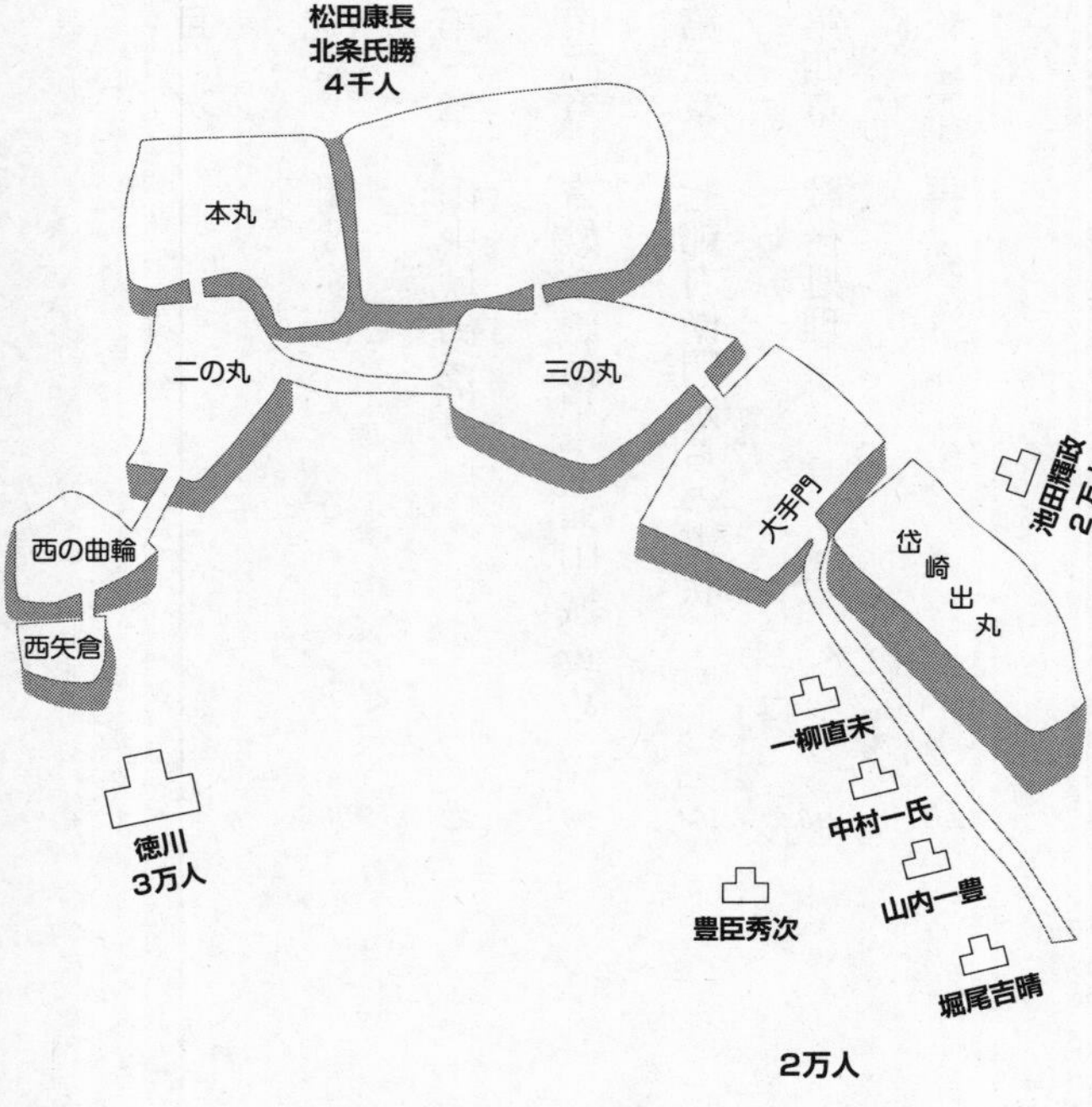
松田康長
北条氏勝
4千人
本丸
二の丸
三の丸
西の曲輪
西矢倉
大手門
岱崎出丸
池田輝政
2万人
徳川
3万人
一柳直末
中村一氏
山内一豊
豊臣秀次
堀尾吉晴
2万人

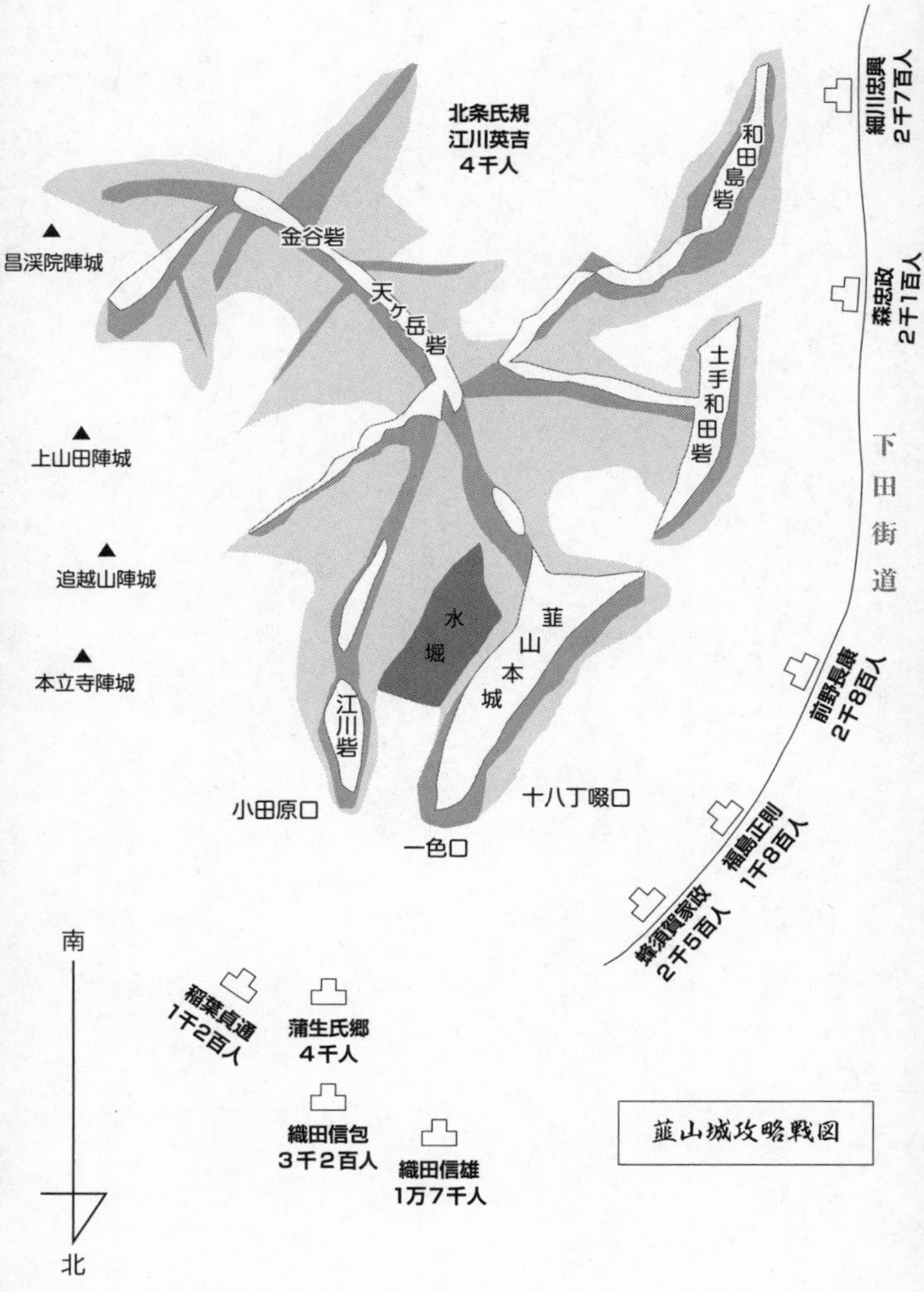

北条氏規
江川英吉
4千人
金谷砦
天ヶ岳砦
和田島砦
土手和田砦
昌渓院陣城
上山田陣城
追越山陣城
本立寺陣城
水堀
韮山本城
江川砦
小田原口
一色口
十八丁畷口
下田街道
細川忠興
2千7百人
森忠政
2千1百人
前野長康
2千8百人
福島正則
1千8百人
蜂須賀家政
2千5百人
稲葉貞通
1千2百人
蒲生氏郷
4千人
織田信包
3千2百人
織田信雄
1万7千人
南
北

韮山城攻略戦図

三河雑兵心得　小田原仁義

序 章　開戦前夜

天正《てんしょう》十八年（一五九〇）一月、小雪の舞う相模国《さがみのくに》は箱根《はこね》山中。

植田茂兵衛《うえだもへえ》は、山腹の森に潜伏していた。寒い中をもう八日になる。主人徳川《とくがわ》家康《いえやす》から、北条《ほうじょう》氏の前線拠点たる山中城《やまなかじょう》の物見を命じられたのだ。

従うのは、義弟で鉄砲百人組二番寄騎の木戸《きど》辰蔵《たつぞう》、実弟で本多平八郎《ほんだへいはちろう》家臣の植田丑松《うしまつ》、甥で百人組五番寄騎――この三年で席次が二つ上がった――の植田小六《ころく》の三人である。小六は、丑松の長男だ。

なにせ開戦が来月にも迫る敵城の偵察である。命懸けの役目ということで、供回りなどは連れずに全員親族で固めた。

「おい、薪《まき》など足すな。城兵に見つかったらどうする？」

「たァけ。凍え死ぬわ」

炎に赤々と照らされた辰蔵の心配顔が、茂兵衛の癇《かん》に障《さわ》った。

「猟師の仕事は山中を徘徊《うろ》つくことだがね。雪の舞う夜に焚火《たきび》をしてなにが悪い。なんのための変装だら。堂々としとりゃええんだわ」

「そらそうやけど……」

二十七年来の朋輩《ほうばい》が肩を落とした。

四人はマタギ装束に身を包み、火縄銃の六匁筒《ろくもんめづつ》を持って、箱根山の北方、矢《や》倉沢《ぐらざわ》在住の猟師「茂兵衛とその親族三人」の体《てい》で動いている。なにせ茂兵衛と辰蔵と丑松は元々が庶民の出だ。装束を猟師風に替えて愛想笑いを浮かべれば、今でも十分に本職の百姓や猟師や杣人《そまびと》で通用する風貌、物腰なのである。

山中城は箱根山の西山腹に、東海道《とうかいどう》を跨《また》ぐようにして立つ堅固な山城だ。西方の三島《みしま》から東海道を攻め上ってくるであろう豊臣秀吉《とよとみひでよし》の小田原《おだわら》征討軍が、まず攻略せねばならない最初の関門である。

今回の小田原征討軍は、秀吉が直接に率いる東海道方面軍だけでも十万を超える。寡兵の山中城が落ちるのは時間の問題だろうが、激しい戦いとなることが予想された。家康は、鉄砲隊指揮官として実績抜群の茂兵衛を指名し、こうして敵城偵察に投入した次第だ。

「それにしても寒い。おい小六、おまん、霜焼《しもやけ》にでもなっとりゃせんか？」

子煩悩な丑松が、溺愛している長男の手をとって撫でようとするものだから、今年で十八になった小六が露骨に嫌がって父の手を振り払った。

「父上。お止め下さい。お頭《かしら》や木戸様の前で恥ずかしい」

「たァけ。兄《あに》ィと辰は身内だがや。おまんの不利になるようなことは、なに一つ口外したりせんがね。な、兄ィ、そうだな？」

「お、おう……でもよ丑。小六も十八だら。もう少し大人扱いしてやった方がえぇのではねェか？」

「そ、そうかなァ」

「ほら、伯父上もああ言っておられる。いつも申しておるでしょう。俺はもう大人なのですから」

思わぬ援軍を得た倅《せがれ》が父に説いた。

「でも兄ィ、大人扱いって、どうすりゃえぇのよ？」

少し知恵の足りない丑松が茂兵衛に質《ただ》した。

「そうさなァ。まず、霜焼の心配はせぬことやな」

「うん、分かった。今後は霜焼の心配はしねェよ。でも、あかぎれの心配はした方がえぇかな？」

「たアけ」

辰蔵が低く唸って、丑松の菅笠《すげがさ》の縁を叩いた。笠に溜まった雪が少し舞った。

駿府《すんぷ》を発《た》ってから、もう十日が経つ。炎に手をかざす四人の侍の顔はどれも黒々とした髭《ひげ》で覆われていた。この髭のお陰で、猟師の変装が近頃ではかなり様になってきている。どこからどうみても、厳《いか》ついマタギ稼業の面々だ。

「現状では、城がだだっ広《ぴろ》いとゆうことと、大まかな曲輪《くるわ》の位置が知れた程度だわな」

辰蔵が茂兵衛に囁《ささや》いた。山中城は縦七町（約七百六十三メートル）、横三町（約三百二十七メートル）もある。山城としては広大なものだ。小尾根にある本丸を囲むように西の曲輪、二の丸、三の丸、東海道を見下ろす尾根に立つ岱崎出《だいさきで》丸《まる》が、形よく並ぶのが遠くからでも窺える。しかし、それ以上のことは何一つ判明していないのだ。

「茂兵衛、これでは、物見の役に立ったとはゆえんぞ」

「まあな」

「せっかくのお手柄の機会かと思っとったのに……うまくいかん。糞ッ」

辰蔵が癇癪《かんしゃく》を起こして唾を地面に吐いた。

「辰、ガツガツするなや」

「ガツガツもするわいな。北条攻めで乱世は終わる。戦《いくさ》がなくなりゃ手柄は挙げられん。俺は未来永劫、知行百貫（二百石）のままだがな」

辰蔵の目は血走っている。

辰蔵のように考える下級武士は案外多いのだ。

「なんとか城内に潜り込めんかのう」

辰蔵がブツブツと呟いた。

「無理ですよ。あちらも必死なんだから」

焚火の炎を見つめながら、小六が呟いた。

北条家は、築城に関して一家言《いっかげん》を持っている。北条流築城術の先進性は、角馬出《かくうまだし》、畝堀《うねぼり》、障子堀《しょうじぼり》など城の防御施設に表れた。当然それらの技術は、山中城にも活かされているはずだ。ただ警護が厳しくて城には近づけない。夜目の利く丑松を連れて来たのは夜陰に乗じて近づくためだったのだが、夜通し松明《たいまつ》を煌々《こうこう》と焚《た》いて警戒され、接近は難しかった。

山中城は箱根山の中腹にある。さらに高い場所に上れば、少しは中が覗けるかも知れないと、何ヶ所か足を運んでみたのだが、そういう場所は北条側も警戒しているようで、必ず数名の番兵が立っていた。

うずたかく掻き寄せた枯葉の山に身を埋《うず》めて、そろそろ眠ることにした。

（あ、ほうだわ）

そろそろまどろみかけた頃、ふとよい考えが浮かんだ。

（明日はもう一度、城を覗ける尾根に上ろう。番兵がおっても、調子のええ辰蔵に話しかけさせる。俺らは猟師だ。堂々としてればええんだわ。その隙に遠目の利く丑松に城を覗かせよう。図体のでかい俺が番兵と丑松の間に立てば、目隠しにもなろう。へへへ、それでいけるがね、ハハハ）

と、夢うつつでほくそ笑んだ刹那——

「おいこら、起きろ」

唐突に、乱暴な声がして目が覚めた。

鼻の半尺（約十五センチ）先に槍の穂先が見える。菊地槍《きくちやり》と呼ばれる片刃の穂先だ。刀身が焚火の炎を映し、ギラリと赤く光った。声の主は武士だ。当世具足《とうせいぐそく》を着こみ、鉢金《はちがね》で額を覆っている。足軽にも、歴《れっき》とした兜《かぶと》武者にも見えない。おそらくは徒士《かち》武者であろう。

「お前は誰だ。何者か」

徒士武者の背後には、槍を構えた足軽が五人か六人はいる。十中八九、山中城兵の見回りだろう。

「手前は、茂兵衛……箱根山の北、矢倉沢の猟師にございます」

「こんなところで、なにをしておる？」

「大鹿を追って森の中を歩くうち、つい道に迷ってございます。この先の箱根峠に出て、五里（約二十キロ）も南に来ていることに初めて気づきましたです」

「鉄砲猟師か？」

と、まとめて置いてある六匁筒三挺に向けて顎を杓《しゃく》った。

「へいッ」

「腕はいいのか？」

「これにおります妹婿《いもうとむこ》の辰蔵は、猟師の間で鉄砲名人と呼ばれておりまする」

と、辰蔵を指さした。事実、腕自慢揃いの鉄砲百人組の中にあっても、辰蔵は相当なものだ。茂兵衛もそこそこには撃つが、辰蔵には負ける。

「よし、お前らは見どころがありそうだから褒美をやろう。鉄砲を持ってワシについて参れ」

「あの、どちらに？」

茂兵衛は慌てた。どうも雲行きが怪しい。

「この先にある山中城だ。折角の鉄砲の腕、義のために使え」

「よう分かりませんが……どのような？」

「やかましい。お前らは今日から小田原北条様の鉄砲足軽となるのじゃ」

「はあ？」

さすがに当惑した。忠臣は二君に仕えずと聞く。茂兵衛は徳川の禄を食《は》む身だ。あんな酷い御仁だが一応は主人もいる。今さら北条氏と二股かけるのは武士として、また人としても――

「ぐずぐず申しておると、お前ら全員刺し殺して、鉄砲だけ貰ってゆくぞ」

と、穂先をさらに近づけた。もう鼻先一寸（約三センチ）のところに槍がある。どうやら城内では、よほど鉄砲と鉄砲足軽が不足しているらしい。もっとも、十万人が攻め寄せて来るのだ。数挺鉄砲が増えたところで焼け石に水ではあるまいか。

（や、待てよ）

ここで閃《ひらめ》いた。

（こいつらに付いて山中城に入れば、内部をじっくりと物見できるがね。幾日か

調べて頭に入れてから逃げればええ、おお、我ながら良き思案だわ）

「では、お供致しまする」

徒士武者にそう答えると、辰蔵と小六が茂兵衛を見て目を剝《む》いた。

「ええんだよ。この場で御成敗されるよりはましじゃ」

狼狽《ろうばい》する辰蔵以下を説得した。

「取りあえず御一緒して、お話だけでも伺おう」

茂兵衛たちは、夜の森を北条の足軽たちに囲まれてトボトボと歩いた。皆の吐く息が白く濛々《もうもう》と立ち上り、木々の黒い梢《こずえ》へと吸い込まれていく。

すでに小雪は止んでおり、いつの間にか澄み渡った夜空に望月《もちづき》が浮かんでいた。月の光が薄く積もった雪面に反射して森の中は明るく、足元の心配こそなかったが、これから先のことを思えば、不安ばかりが募った。

四半刻（約三十分）ほど森の中を歩くと不意に開けて、坂道へと出た。辺りの木々が綺麗に伐採されており、城が近いことがすぐに分かった。坂道を上ると右手から比高十丈（約三十メートル）ほどの断崖が見下ろしている。これが延々と続く。断崖の上には柵が見えるから、位置的に出丸であろう。斜面の木々は伐採され土が剝き出しになっている。崖下の部分は切岸《きりぎし》となり、ほぼ垂直に切り落とされていた。

(この出丸を攻め上るのは無茶だわ。しかし、諦めて先に進む……この坂を上る間、ずうっと右手の崖上から撃たれ放題だわな。おお、やだやだ)

茂兵衛らは坂道の途中に開いた大手門を潜った。堅牢な石造りの門で巨大な矢倉を戴いている。坂道はまだ先に延びており、おそらくこれが東海道(旧道)だろうから、このまま小田原まで道は続くと思われた。

大手門の先には馬出曲輪、三の丸が連なり、両者の間には空堀が掘られ、木橋で連結されていた。

(この辺は大したことはねェ。普通の城攻めだわ。大手門までが勝負だがね)

城全体としては、下から攻め上ってくる敵勢を受けて包み込むような格好で、半円形に各曲輪は配置されていた。

茂兵衛たちは、相模国《さがみのくに》鎌倉《かまくら》の玉縄城主《たまなわじょうしゅ》、北条氏勝《ほうじょううじかつ》の鉄砲隊に配属された。名の通り北条の一門衆である。翌朝、茂兵衛もチラと顔を見たが、三十過ぎの知的な武将だ。山中城主は松田《まつだ》康長《やすなが》で、氏勝は小田原からの援軍の大将である。

茂兵衛たちに、三つ鱗の紋が描かれた陣笠と、足軽用の畳具足が支給された。

得物は「自前の鉄砲を使え」ということだろう。

茂兵衛が足軽から小頭《こがしら》に出世したのは元亀《げんき》元年（一五七〇）だから、正味二十年ぶりに陣笠を被ったことになる。

（その陣笠の合印が三つ鱗とは……驚いたねェ）

と、感慨に浸っている間もなく、新米足軽たちは、城の普請に駆り出された。

山中城はまだ普請中であった。もうすぐ十万人が押し寄せるというのに、大丈夫だろうか。敵のことながら心配になる。

茂兵衛は、四人が分かれてバラバラとなり、出来るだけ広範囲に城の各部を見て回るように小声で指示した。

「ええか。畝堀、障子堀、馬出の場所、矢倉の数と場所、そんなとこが特に重要だがや。他にも城兵の数、鉄砲の数、兵糧の集まり具合……なんでも知りたい。ただな、決して文字の記録をとるな。頭で覚えろ」

「そんな……」

記憶力に自信のない丑松が目を剝いた。

「たァけ。矢倉の場所を書いた紙など懐から出てきてみい。丑松、おまん、城の奴らから八つ裂きにされるぞ？」

「そ、それは嫌だら……でも、覚えられんよ」

「大丈夫です、父上。心の中で百回繰り返せば、大概の事は忘れません」

「う、うん……ほうだな」

倅から励まされた父が、自信なさげに頷いた。

「茂兵衛、俺は丑松と一緒にいくわ」

「そうだな。その方がええな」

阿呆が失敗し、茂兵衛たちの足を引っ張ることも考えられる。賢い辰蔵と組ませればまずは安心だ。

それから三日間、茂兵衛たちは「働き者の新米足軽」を装った。志願して城の各所へ使いに行ったり、握り飯や材木を運んだりしたのだ。夜には、小声で見聞きした情報を交換し共有しあった。

四日目の早朝、四人は示し合わせて山中城を逃げ出した。目立たぬように鉄砲は足軽長屋に置いてきた。基本、どこの陣営でも足軽の逃亡は日常茶飯事だ。追手がかかることはまずあるまい。

そのまま箱根山を駆け下り、その日の昼前には、三島の黄瀬川《きせがわ》西岸に立つ徳川の城、長久保城《ながくぼじょう》へと生還した。

茂兵衛は、長久保城で衣服を整え、四人が知り得た情報を纏《まと》めて文章に認《したた》め、駿府へと馬を飛ばした。この土産《みやげ》なら家康は必ず喜んでくれるはずだ。

いよいよ来月には出陣となる。まさに戦機は熟しつつあった。

第一章　山中城《やまなかじょう》の落日

一

天正《てんしょう》十八年（一五九〇）二月二十四日は、西暦に直すと三月の二十九日にあたる。薄曇りの暖かい日和《ひより》であった。この日、家康は三万の軍勢を率いて駿河国《するがのくに》は黄瀬川《きせがわ》の西岸に立つ長久保城《ながくぼじょう》へと入った。

行軍の折、足の遅い鉄砲隊は行列の前を歩くのが心得だ。よって茂兵衛の鉄砲百人組が長久保城に到着したのは前夜遅くのことである。三万人が、細い悪路を二列縦隊で進むのだ。さらには騎馬隊もいるし、長柄《ながえ》隊は二間半（約四・五メートル）もの長大な槍を引き摺って歩く。それら諸々の行列の長さは優に数十キロにも及ぶのだ。行列の先頭と最後尾が、同じ日に目的地に到着することなどあり得ない。

主人家康を迎える支度に忙しい城主の牧野康成《まきのやすなり》の手を煩《わずら》わせたくはない。茂兵衛は黄瀬川の河原に百人組を野営させていた。

「おまん、なんちゅう面《つら》しとるのか？」

長久保城の櫓《やぐら》で、呆れ顔の家康が茂兵衛の顔を覗き込んだ。

「死相が現れとるぞ……その目の下の隈《くま》はなんだら？」

「お、畏《おそ》れ入りましてございまする」

甲冑《かっちゅう》姿では平伏ができぬので、拳を床に突き会釈で答えた。

（死相って……これから戦場《いくさば》に出ようってときに、まったく験糞《げんくそ》の悪い）

ただ、茂兵衛が疲労困憊《ひろうこんぱい》しているのもまた事実であった。実は、昨夜から一睡もしていない。

今回の家康は三万人の将兵を率いてきた。現在百四十四万石の太守である彼の動員兵力は、ざっくり一万石当たり二百五十人で計算すれば、三万六千人だ。三万人と言えば、そのほとんどを連れてきたことになる。当然、茂兵衛から見て縁や恩義のある重臣《おとな》たちも数多《あまた》参加しており、彼らが到着したと聞けば、挨拶に行かないわけにもいかない。で、行けば行ったで酒になったり（榊原康政《さかきばらやすまさ》）、話が長かったり（大久保忠世《おおくぼただよ》）、愚痴《ぐち》が止まらなかったり（本多平八郎）するものだ――そういう仕儀《しぎ》にて一切寝ていなかったのだ。

「あれからもう四年か……時の過ぎるのは早いものよのう」

家康が目前に聳《そび》える箱根山《はこねやま》の山容を眺めながら呟いた。

主人が言う「四年前のあれ」とは、黄瀬川河畔での宴《うたげ》を指している。

天正十四年（一五八六）三月、家康は長久保城の眼下を南北に流れる黄瀬川の河畔で北条氏政《ほうじょううじまさ》と会った。その場には、本多正信《ほんだまさのぶ》の書状を携えた茂兵衛も同席していたのである。

「ワシと氏政殿とは、大層気が合うた」

家康は後ろ手を組み、茂兵衛に尻を向けたままボソボソと四年前の記憶をたどった。

「天下無双の名将とまでは言えまいが、親族や家臣、領民を大事に思う心がひしひしと伝わったがね。あれはあれで大将の器よ。茂兵衛、おまんもそう感じたはずだな？」

「御意ッ」

これは案外、本音《ほんね》で答えた。茂兵衛も宴に列席した北条氏の主従を見て——

（育ちがええとは、こうゆう御仁たちのことを指すのかも知れんのう。穏やかで裏表のないまっとうな人々だわ）

と、本気で思ったものだ。関東に百年も盤踞《ばんきよ》した歴史が、人物を作るのであろうか。滅法育ちの悪い茂兵衛が、自分と比較して強く感じたのだから間違いあるまい。

「その北条氏とこれから大合戦や、ハハハ。ワシなりに色々と画策してみたつもりだが、結局ここまできてしもうたがね……辛いわな」

「……あの」

「ん？」

家康が後ろ手のまま、茂兵衛に振り返った。

「いえ、なんでもございません」

慌てて視線を床に落とした。

「こらこら、おいおい、茂兵衛殿、茂兵衛殿、茂兵衛殿？」

家康がこちらへと歩いてきた。傍らにしゃがみ込み、茂兵衛を覗き込んだ。

「言いかけたことはちゃんとゆえ。さ、ええからゆうてみりん」

「あの……四年前の宴が楽しかったと思い出したのでございまする、へへへ」

と、愛想笑いで誤魔化そうとした。

「なんだと？」

怖い目で睨まれた。その顔はまるで閻魔《えんま》か鍾馗《しょうき》のようだ。

（参ったなァ）

無論、宴を懐かしむ話などする気はなかった。昨年の秋、深夜の大坂城《おおさかじょう》外七曲《ななまがり》で密会した石川数正《いしかわかずまさ》は——

「秀吉は決して許さんよ。惣無事令《そうぶじれい》云々の前に北条の土地が欲しい。そのための策もいくつか講じている」

と、耳打ちしてくれた。つまり、この戦《いくさ》を望み仕掛けたのは、むしろ秀吉の方だというのだ。

また、真田昌幸《さなだまさゆき》が秀吉に悪知恵を授けているとも石川は匂わせていた。北条を潰した暁《あかつき》には、真田は上野国《こうずけのくに》丸々一国を貰える約定であるそうな。さらにさらに、大久保忠世が秀吉と真田に急接近しているふしもある。これは茂兵衛自身が肌で感じたことだ。

今回、家康の努力が報われずに、北条と秀吉が手切れとなってしまったことには、幾つもの闇が存在していそうなのである。ただそのことを家康に直言するには、茂兵衛は政治的に不器用過ぎたし、ことの真相について何一つ確証があるわけではなかった。だから口籠《くちご》ったのだ。

「おまんは成長せんのう」

そう言って家康が、茂兵衛の月代《さかやき》の辺りを、扇の先でペチンと叩いた。

「あたッ」

「嘘が本当に下手糞だがや。『宴が楽しかった』だと？　どうせ嘘をつくならもう少し工夫せェ」

「……はあ」

「ま、なんでもええわ」

そこで家康は少し間を開け、さらに続けた。

「今、おまんがワシに言いかけたことな……後で佐渡《さど》（本多正信）にでも耳打ちしとけや。佐渡が吟味して、下らんと思えばワシには伝えんだろうし、面白そうなら伝えてこよう。分かったな？」

「ははッ」

本当はよく分からなかったのだが、頭だけ下げておいた。

その後は、小田原《おだわら》征討軍が続々と長久保城とその南一里半（約六キロ）にある三枚橋《さんまいばし》城に集結してきた。この両城が今回の山中城攻めの拠点ということなのだろう。

二月二十四日には、織田信雄《おだのぶかつ》が兵一万七千を率いて三枚橋城へと入城。

同二十七日には九鬼《くき》、来島《くるしま》、毛利《もうり》などの水軍一千隻《せき》が清水湊《しみずみなと》へと入港した。

三月一日、いよいよ総大将の豊臣秀吉が旗本衆を率いて京の聚楽第《じゅらくだい》を発《た》ったとの報せが入る。

続く三日には、豊臣秀次《ひでつぐ》が一万七千を、蒲生氏郷《がもううじさと》が四千を率いて三枚橋城へと入城した。もはや、待ったなしである。

三月二十七日、秀吉は、駿府《すんぷ》まで出迎えに赴《おもむ》いていた家康と轡《くつわ》を並べて三枚橋城へと入った。これにて秀吉の小田原征討軍の陣容が定まった。

秀吉本隊が十五万人余、そのうち徳川隊は三万人だ。他に九鬼嘉隆《よしたか》らの水軍が二万人。碓氷峠《うすいとうげ》を越えて北方から関東へ侵入する上杉《うえすぎ》、前田《まえだ》、真田らの別動隊が三万五千。都合、二十万余の大軍勢である。

この間、茂兵衛と鉄砲百人組は、ずっと長久保城で——正確には、長久保城下を流れる黄瀬川の河原で待機していた。やることはたんとある。膨大な数の竹束を作ることだ。矢弾を防ぐ竹束や置楯《おきだて》は、あればあるだけ命が長らえる。足軽小者から寄騎衆までが参加して、せっせと巨大な竹の束を作り続けた。

「植田殿はおられるか？　佐渡が来たとお伝え下され」

百人組の天幕を覗いた初老の武士は、家康の軍師を務める本多正信である。ちょうど寄騎たちと夕餉《ゆうげ》をとっていた茂兵衛が、慌てて出迎えた。

「飯の最中にすまんかったのう」

「いえいえ、ちょうど食い終わったところでございましたゆえ」

口をモグモグさせながら応対した。

「話とゆうのは他でもねェ」

と、正信が後ろ手に両手を組んで歩き始めた。歩きながら話したいようだ。茂兵衛も黙って後に続いた。

「本日、三枚橋城に御到着になった秀吉公は、明日、我が殿と御一緒に、北条方の山中城と韮山城《にらやまじょう》を御視察なさった後、ここ長久保城に入る」

「ほおほお」

前を行く正信は、やや猫背でトボトボと歩く。今年五十三のはずだが、還暦過ぎにしか見えない。

三枚橋城と敵の山中城は直線距離で三里半（約十四キロ）以上も離れている。一方、長久保城は二里半（約十キロ）弱だ。緒戦の山場はやはり、秀吉軍の進路に立ち塞がる山中城攻めであろうから、本陣は少しでも戦場の近くに置きたいということだろう。指揮官先頭――その心意気は悪くない。

「征討軍二十万といえども、実際に敵城へ忍び込んでまで物見してきた猛者《もさ》は、茂兵衛よ、おまんしかおらん」

「いやいや、まあまあ」

さすがに面映《おもは》ゆかった。忍び込んだというより、実態は、無様に寝込みを襲われて、城内へと連行されただけなのだが。

「で、殿は貴公に、秀吉公の御下問にお答えするようにと仰《おお》せじゃ」

「ゴ、ゴカモンに？」

「そう、御下問な」

明日の視察、秀吉と家康一行は全員が騎馬だという。韮山城と山中城を山麓からザッと眺めた後、ここ長久保城へと入り、明後日三月二十九日に予定されている総攻撃のための軍議をひらく予定だそうな。

「つまり、その評定の席で秀吉公からそれがしに御下問あると？　で、なにを訊かれまするのか？」

「それは知らんがな……秀吉公に訊けや」

茂兵衛の間抜けな質問に、正信は足を止め辟易した様子で天を仰いだが、やがて気を取り直し、トボトボと歩みを再開した。

「箱根で見て来たままを答えればええのではねェか」

正信は、ここでまた足を止め、振り返って顔を寄せた。

「これはさ、殿が秀吉公に家来自慢をしたいだけのことなんだわ」

「け、家来自慢？」

「おまんは、家康公自慢の家来の一人じゃからのう」

「まさか……それがしが？」

「ほうだがや。知らんかったのか？」

正信によれば、家康は、体が頑丈で性格は質朴、頭はとろいが槍は無双の忠義者——そんな武士こそが三河《みかわ》者の理想であると考えているそうな。で、まさにその典型が茂兵衛だというのだ。

（褒《ほ》められたんだか、貶《けな》されたんだか、よう分からんがね……ただ俺ァ別に忠義

者ではねェし、そのことは殿様も気づいておられるはずだけどなァ)

家康としては「俺の家来は、敵城に忍び込むほどの命知らず揃いだ」と、秀吉や諸侯に自慢したいのだろう。かつ、敵城偵察の実績を誇ることで、評定の場での主導権や発言権を確保したいと考えているのだろう。茂兵衛のような少々ぼうっとした大男がそんな大冒険をやったとなれば、より三河者の、ひいては徳川家の株が上がろうというものだ。

「なるほど、なんとなく分かり申した」

「ほうかい。頼んだで」

と、苦く笑って、正信が茂兵衛の肩をポンと叩いた。

二

翌日の午後、秀吉と家康は側近と旗本約千騎を率いて長久保城に到着し、大手門を潜った。一行は、早朝に三枚橋城を出て韮山城を視察し、箱根山の麓《ふもと》で山中城を遠望した後、ここ長久保城に至った。茂兵衛の目算では大体六里(約二十四キロ)ほどの行程だ。全員が騎馬だというから、さほどには疲れていまい。到着後すぐにも軍議は開かれそうだ。

茂兵衛は、本日の視察に同道しなかった者百名ほどで大広間に控え、秀吉と家康の到着を待った。中央には畳五枚分もの箱根山から韮山城まで描かれた巨大絵図が広げられ、大名衆が腰かける五十台もの床几《しょうぎ》がそれを取り囲んでいた。すでに床几に座っている大名も数名いる。陣羽織に刺繍された対《むか》い鶴《つる》の家紋を見れば蒲生氏郷か。もう一人は二重釘抜紋《にじゅうくぎぬきもん》で、こちらは一柳直末《ひとつやなぎなおすえ》と見た。

茂兵衛ら大名未満の者たちは、床几のさらに後方、板の間にそのまま座ることになっていた。

首を伸ばして眺めれば、絵図の中でも山中城の縄張りだけが妙に詳しく描かれている。韮山城のそれと比べれば、差は歴然としていた。

（へへへ、俺らの一報で、詳しい絵図が描けたんだろうよ）

内心でニンマリしていると、小姓が呼ばわる声がした。

「関白《かんぱく》殿下のお成りにございまする」

それを聞いて、大広間に居並ぶ人々が一斉に威儀を正した。百領分の甲冑がガチャリと鳴った。

（関白殿下か……あまりに偉すぎて、どのくらい偉いのかよう分からんな）

ミシミシと数十名の武将が廊下を踏み鳴らす足音が近づいてくる。内大臣の織田信雄がいる。権中納言《ごんのちゅうなごん》の豊臣秀次が通る。続くのは秀吉の知恵袋の黒田孝高《くろだよしたか》だ。宇喜多《うきた》、細川《ほそかわ》、池田《いけだ》、福島《ふくしま》と綺羅星のごとき諸将で大広間が溢れた。茂兵衛は左右の者に倣《なら》い、板の間に両の拳を突き、できるだけ頭を低く下げた。例によって甲冑姿だと平伏は出来ない。

現在の秀吉は関白太政大臣《だじょうだいじん》である。五年前の天正十三年（一五八五）に関白となり、翌十四年には太政大臣へと上って豊臣姓を受けた。来年には関白の位を後継者の秀次に譲り、太閤《たいこう》になるとのもっぱらの噂だ。まさに位人臣《くらいじんしん》を極めた人物だが、元は尾張中村《おわりなかむら》の百姓である。

「おお茂兵衛、久しいのう。おみゃあ、達者であったか？」

大広間に入ってくるなり、秀吉は目敏《めざと》く茂兵衛を見つけて指さし、満面の笑みで幾度か頷いた。そのすぐ背後で家康も笑顔で頷いている。家康は肥えてはいるが身の丈は普通だ。高くも低くもない。それが秀吉の背後に立つと大男に見える。家康の身の丈が五尺三寸（約百五十九センチ）だから、あるいは秀吉は五尺（約百五十センチ）を切っているのかも知れない。

「ははッ」

と、茂兵衛が畏《かしこ》まった。ただ、実はさほどに「久しく」はない。昨年十一月、件《くだん》の名胡桃城《なぐるみじよう》事件の直後、茂兵衛は真田昌幸に強引に大坂城へと連れていかれ、秀吉に目通りしている。本当に忘れているのか、覚えていても惚《とぼ》けているだけなのかよく分からない。

「ワレが差し出した山中城の見取図な。あれはドえりゃあ重宝したがね」

「ははッ」

物見の成果を褒められると、やはり嬉しい。内心でニヤリとしてしまった茂兵衛であるが、ここで強い違和感を覚えた。

（ん？　なんだら？）

周囲からの視線が痛いのである。や、本当に「痛い」のだ。

茂兵衛は関白秀吉からお褒めの言葉を頂いた。歴々の武将が居並ぶ中で特に声を掛けられた。周囲の者が「羨《うらや》ましい」と感じるのは普通だろう。徳川でも、そこは似たようなものだ。中には「悔しい」と思う者さえいるかも知れない。だが視線が「痛い」のは、さすがに強烈過ぎる。これはもう、ほとんど憎悪に近い。

（豊臣家は、これなんだろうなァ）

茂兵衛には、なんとなく伝わった。豊臣家の主《あるじ》は、卑賤の身から頂点へと上り詰めた。彼は家来たちの偶像であり、手本なのである。その強烈過ぎる上昇志向は、個々の能力を最大限に引き出すかも知れないが、同時に同僚との過度な軋轢《あつれき》を惹起《じやつき》せしめるようだ。満場の中で唯一人《ただ》が関白から声を掛けられると、周囲から睨まれ、妬《ねた》まれる。昨年、大坂城外七曲で会った石川数正は、秀吉が北条領二百万石を「どうしても欲しがっている」と言った。

(なるほどね。こんなガツガツした家来衆の心を引き留めておくには、恩賞として配る土地は、なんぼあっても足りねェってことかァ。北条、とんでもねェ輩《やから》に目をつけられたものよなァ。や、でも待てよ……)

ここでさらに考えた。

(惣無事令を出したのは秀吉自身だがや。戦が無くなりゃ、そうそう恩賞は配れねェぞ。そもそも土地なんぞ端から広さは決まっとるがね。無限にあるわけではねェ。秀吉、この先どうするつもりやろか?)

「こらァ、茂兵衛……ちゃんと御下問にお答えせんかァ!」

家康の怒号で我に返った。

「はあ?」

「はあ、ではねェ!」

上座から家康が鬼の形相で睨んでいる。

いつの間にか、秀吉以下全員が着座し、軍議が始まっていた。で、秀吉が茂兵衛になにかを下問したのだろうが、物思いに耽《ふけ》っていたので、下問の内容を聞き漏らした。今や百五十人以上の目が茂兵衛に注がれている。

（な、なにを訊かれたんだろう？　困ったな）

ふと巨大な絵図が目に入った。

（ほうだら。俺に訊くなら山中城のことだろうさ。他にあるはずがねェわな）

「では、お答え致しまする」

と、一応は答えたが、山中城のなにをどう話すべきなのか見当もつかない。

「おう。歴戦の勇士の意見を聞きたいものやなァ」

上機嫌の秀吉が甲高い声で言い、さらに続けた。

「どうや茂兵衛、この城、明日一日で落とせそうか？」

明らかに、これは秀吉の助け舟であろう。茂兵衛が質問を聞いていなかったことは歴然だったし、恥をかかせぬように匂わせてくれているのだ。ありがたいことである。秀吉の気配りに感銘を受けつつ話し始めた。

「なにせ堅固な山城にございまする。城兵の士気も高く、なかなかに骨が折れそうにございまする」

「弱点は何処《どこ》か？」

「二点ございまする。第一の点は、普請がまだ終わっておりません」

「未完の城だと申すのか？」

「御意ッ」

「どのあたりが？」

「最初に当たりまする南側の出丸……北条方では、岱崎出丸《だいさきでまる》とか呼んでおりまするが未完にございまする」

「ここやな？」

と、秀吉が一間（約一・八メートル）もある竹棒で、絵図上の岱崎出丸をトントンと叩いた。

「第二の弱点はなにか？」

「広過ぎまする。城兵は四千ほど。城域は縦七町（約七百六十三メートル）に横が三町（約三百二十七メートル）、これだけ広いと、城兵は少なくとも一万は必要なのかと」

無論、城兵は七町に三町のすべてを守備するわけではない。点在する大小の曲《くる》輪《わ》のみを守るのだが、それにしても広大に過ぎる。

「城兵が少ない。つまりスカスカか？」

「御意ッ」

「ならば力攻めが有効であろう」

「御意ッ」

「ただ、やはりこの岱崎出丸は厄介かな？」

岱崎出丸とは、例の山中城の最難所である大手門前だ。東海道を見下ろす尾根上に横たわった巨大な出曲輪の名称である。

「絵図にございますように、岱崎出丸は比高十丈（約三十メートル）余り、三町（約三百二十七メートル）に亘って、大手門まで続いてございまする」

ここでいったん話を止め、周囲を見回した。別段、的外れなことは言っていないようだ。家康も両手を腹の前で組み、瞑目して聞いている。大丈夫そうだ。

「また、坂は急峻にして、土が剝《む》き出しとなり、よく滑り申す。さらに、下の部分は切岸《きりぎし》となっておりまする」

切岸というのは、人為的にストンと切れ落ち、垂直な壁になっている箇所だ。

「坂を上ると、今度は畝堀《うねぼり》が施されておりまする」

畝堀とは、底の部分に畑の畝のような間仕切りを数多設《もう》けた空堀を指す。攻城側からすれば、横への移動が制限され往生しそうだが、実際にはどうであろうか。大軍で力攻めをする分には、さほどの問題もないように茂兵衛は感じている。

「そしてもう一つ。反対側の西の曲輪や二の丸方面からも鉄砲の弾は飛んできましょう」

「随分と距離があるようだが？」

「二町（約二百十八メートル）ほどございます。確かに狙って撃って正確に当てられる距離ではございませんが、大体で撃っても、上から下に向かう銃弾は伸びますので、人に当たれば死にまする」

「進軍する我らは、左右両方から撃たれるとゆうことやな？」

いわゆる、十字砲火《じゆうじほうか》であろう。

「御意ッ。総じて岱崎出丸それ自体を攻めるのは、お味方の損害が大きくなり過ぎるかと愚考致しまする」

「つまり、ここは攻めんのか？」

また秀吉が竹棒の先で、絵図上の岱崎出丸をトントンと叩いた。

「岱崎出丸は相手とせずに通り過ぎ、そのまま大手門に攻めかかったほうがよろしいかと存じます」

「無事に通り過ぎる手立てはあるのか」

そう秀吉から質《ただ》された茂兵衛は、家康を見た。あきらかに自分が答える分を越えた質問だからだ。家康は黙って深く頷いた。——となれば茂兵衛が答えるしかない。

「先鋒を仰せつかる我ら徳川と致しましては、三町（約三百二十七メートル）分の竹束を軍勢の両脇に重ね並べ、その陰を這うようにして大手門に迫ろうかと考えておりまする」

「なるほど」

と、秀吉は、家康に向き直った。

「亜相《あしょう》殿、その伝で参るか？」

亜相は大納言《だいなごん》の唐名だ。このとき家康の官位は、従二位権《じゅにいごんの》大納言である。

家康がおもむろに頷こうとした矢先——

「暫時《ざんじ》、暫時お待ち下され」

と、一人の武将が床几を立ち、秀吉の前にひざまずいた。陣羽織の紋所は丸に二重釘抜——豊臣秀次の家老、一柳直末である。

「なんや市助《いちすけ》、どうした？」

と、秀吉が怪訝《けげん》な顔をして質した。

一柳は、秀吉がまだ木下《きのした》姓を名乗っていた頃に仕え始めた生え抜きの家来である。卑賤な陪臣《ばいしん》も、主人が天下人になれば、こうして大名（美濃国《みののくに》の軽海《かるみ》で五万石）にもなれるのだ。

「亜相様の御前にはございまするが、明日の山中城の大手門攻め、是非とも我が主、秀次公にお命じ頂きたく存じまする」

その秀次自身もこの場にいるのだ。当年とって二十三歳。家老が秀吉に直訴するのを緊張の面持ちで聞いている。凡庸と世評は芳《かんば》しくないが、言われたことはそれなりにこなせるし、暗愚というほどではない。

「たァけ。我が軍の先鋒は徳川殿である。当初から決まっておることじゃ。秀次には左の尾根を伝い——」

と、竹棒の先で絵図をなぞった。

「西の曲輪を攻めさせるつもりよ」

最後に山中城西の曲輪の辺りを竹棒で叩いた。

「上様、そこをなんとか……秀次公に、名誉挽回の機会をお与え下され」

「たァけ。市助わりゃ、なにを抜かしとるんだがね」

秀吉が色を成した。秀吉は、家康に精一杯気を遣っている。家康は現在、日本国内で秀吉に継ぐ二番目の実力者だ。また、秀吉が政権を引き継いだ織田信長《のぶなが》の(形の上では)対等な同盟者だった。さらには、六年前の小牧長久手戦《こまきながくてのいくさ》では「負けに近い引き分け」を演じた相手で——秀吉にとっての家康は、なかなかに痺れる相手なのだ。そんな家康の面前で、己が主張を曲げない配下に、秀吉は大層腹を立てていた。

一柳がいう秀次の名誉挽回とは、やはり小牧長久手戦での失態を指すものと思われた。尾張国白山林《はくさんばやし》で休憩中の秀次隊に、榊原康政らが奇襲をかけ、秀次隊は文字通り壊滅したのだ。秀次は己が馬を失くし、周章狼狽《しゅうしょうろうばい》する中、家臣の馬を貰って辛うじて逃げ延びた。大恥である。ただ、往時の秀次は十七歳、百戦錬磨で戦上手の榊原康政では、相手が悪かったともいえよう。

「なんや、おみゃあらまで……」

秀吉の勘気《かんき》を蒙《こうむ》り、畏まる一柳の背後に、中村一氏《なかむらかずうじ》、山内一豊《やまうちかずとよ》、田中吉政《たなかよしまさ》らが次々と控えた。この四人は、秀吉自身が秀次に付けた家老たちである。

「おみゃあら揃いも揃って、ワシの采配にあや付ける気かえ！　ワレ、謀反《むほん》でも起こす気かや！」

秀吉が激昂し、床几を蹴って立ち上がった。

「まあまあ上様……関白殿下」

傍らから家康が、大人の笑顔で取りなした。

結局家康は、山中城大手門攻撃の栄誉を秀次に譲った。自《おの》ずと、秀吉が現地に到着するまでの攻城軍の総指揮は、秀次が執《と》ることになる。家康としては、主演を遠慮して脇役に回った形だ。

軍議が散会となった後、退席する家康に秀次が歩み寄り、泣きそうな表情で頭を下げた。こんなところで、人の上下関係は決まってしまうのかも知れない。

（殿様……最後の最後に美味《おい》しいところをすべて持っていかれるわい。食えんお方よのう）

茂兵衛は内心で苦笑していた。

三

山中城は箱根山の中腹、標高二百丈（約六百メートル）ほどの地点に立つ典型的な山城である。小田原城を本拠地とする北条氏が、東海道の監視と、駿河に対する国境警備の拠点として築いた軍事的色彩が強い――つまり、石垣も天守も庭園もない純粋な要塞だ。

三月二十九日の早朝、長久保城を発《た》った豊臣秀次率いる軍勢七万は、城のすぐ前を流れる黄瀬川を渡り、南東方向へと一里（約四キロ）進んだ。東海道に出ると道は徐々に上り始める。男たちは、黙々と山中城へと続く坂道を上った。もっとも、なにせ七万人の行軍である。先頭が箱根山を上り始めても、最後尾はまだ長久保城を出てすらいない。

一方、織田信雄指揮の四万五千人は、秀次隊とは別に長久保城を出ると、やはり南東の方角へと進み、韮山城を目指した。秀吉は、残りの三万五千人を率いて後詰めに回っている。

箱根山の登り口から山中城まで直線距離では一里半（約六キロ）ほどだが、比高にして百五十丈（約四百五十メートル）も延々と上らねばならない。当然、道は蛇行するから、歩く距離は二里（約八キロ）を超える。

「ん？」

鉄砲百人組と共に行軍する茂兵衛は、仁王《におう》の鞍上《あんじょう》で背後を振り返った。もうだいぶ上ってきており、長蛇の列の彼方《かなた》には遠く駿河湾が望めた。その大景観の中を、「伍」と一文字だけ大きく描かれた旗指物《はたさしもの》を背負って騎馬武者が一騎、後方からどんどん駆け上ってくる。

「伍」の旗指物は使番《つかいばん》が背負う。家康本陣からの伝令、使者などを役目とした連絡役に「伍」の文字を使うのは「仲間」を意味する文字だから――伍長、隊伍、落伍者などの「伍」である。古代中国の軍制では、歩兵の分隊は五人一組であり、それを「伍」と呼んだ。それが由来だ。

（使番、俺に用か？）

まだ分からない。鉄砲隊は行列の前の方を歩くが、先頭というわけではないから、茂兵衛の横をすり抜けてさらに前に行ってしまうのかも知れない。

「植田様ッ」

（あ、やっぱ俺だわ）

「殿が呼んでおられまする」

「相分かった。すぐに参る」

百人組の指揮を筆頭寄騎の左馬之助《さまのすけ》に任せ、使番の後について、今上ってきた坂道を駆け下った。

家康は神社の境内に天幕を張らせ、山中城の絵図を前に正信と話していた。秀吉の軍議に使った絵図ほど巨大ではないが、畳一枚分はある大きなものだ。

一礼して畏まると、家康は絵図から目を離すことなく茂兵衛に質した。

「道がだいぶ細いようじゃが、山中城の周囲には、三万の軍勢が展開する余地はあるのか？」

小姓二人に扇子で扇がせつつ、家康が絵図上の山中城を采配でポンと叩いた。

天正十八年の三月二十九日は、新暦の五月三日に当たる。本日は快晴で、気温がだいぶ上昇している。

「なにせ山城、尾根と谷しかございませぬゆえ」

と、茂兵衛が答えた。

「細い道に沿い一列になって突っ込んだら、敵の思う壺だがね。多勢の利を発揮できんわい」

「御意ッ」

「対策《てだて》は？」

「北条方が木々を綺麗に伐採してくれておりますので、細い街道を行かずとも、山の斜面に広がって前進することは可能かと思われまする」

無論、北条方が樹木を伐採したのは、攻城側の遮蔽物とされないため、または土塁の急坂を上るときの手掛かりや足掛かりにされないためである。

「しかし茂兵衛よ。薄く展開し、広がったままで攻めかかるのか？　反撃されると脆《もろ》いぞ？」

「軍議の席でも申し上げましたが、城は広大なれど、城兵の数は少のうございます。こちらが面で攻めかかれば、必ずどこぞに防備の穴が開きましょう。そこを上手く突ければ、短時間で突破できようかと」

「なるほど」

家康が頷いた。傍らで正信も頷いている。

「我らが攻める西の曲輪には畝堀、障子堀《しょうじぼり》が多いと聞いたが？」

今度は正信が茂兵衛に質した。

「左の斜面を上りきると、畝堀と障子堀が各曲輪を囲んでおりまする」

「うん。この西矢倉と西の曲輪じゃな？」

家康が絵図を指した。

「御意ッ」

障子堀は畝堀の拡大版で、広い空堀の縦横に畝が走っている。上から見れば、障子の桟のようにも、阿弥陀籤《あみだくじ》のようにも見えた。攻城方は動きが制限されるには相違ないが、これも畝堀同様、さほどの脅威になると茂兵衛は思っていない。

「茂兵衛、畝堀はそれほど厄介なのか？」

正信が茂兵衛の顔を覗き込んだ。

「秀吉公の軍議の席上では申しませなんだが、それがし個人としては、さほどではない、と」

「うん。こちらは大軍だからな」

家康が話を受け取った。

「力攻めの前には、小手先の工夫は無力であろうよ」

「御意ッ」

「多勢に無勢なのは、北条方も重々知っておろう」

家康が話をまとめにかかった。

「馬出《うまだし》はあるが、そうそう槍足軽が逆襲してくることもあるまい」

馬出とは、城兵側が反撃し、一挙に打って出ようとする場合に、兵や馬を集めておく曲輪を指す。

「おまんの鉄砲隊、遠慮なく前に押し出せ。火力で城兵を圧倒せい」

鉄砲隊は通常、斉射の直後に敵の槍隊に突っ込まれるのを何よりも嫌がる。しかし兵力の差がここまで大きいと、相手は無闇に出てこれないだろうと家康は言うのだ。

（もし槍隊が出てくれば、俺の鉄砲隊は突き崩されるかも知れんが、その後に友軍が敵を取り囲み全滅させるだろう。北条もその辺は分かっとろう。殿様の仰る通りで、案外、城兵は押し出してこんかも知れんわな）

一礼して家康の前を下がり、百人組の元へ帰った。

昼前には山中城に着いた。見上げれば、かつて数日を過ごした山城は、音もなく静まり返っている。

（もしや、空城《あきじろ》なのでは？）

一瞬、そんな疑念にとり憑《つ》かれた。城兵は夜の内に、小田原城へと引き揚げてしまっている可能性もなくはない。

ダ――ン。

茂兵衛の妄想を打ち砕くような銃声が峰の上から聞こえてきた。井伊直政《いいなおまさ》隊の騎馬武者が一騎、悲鳴を上げてドウと落馬した。

(ああ、ま、そうそう上手い話はねェわなァ)

「下命もなく、城から一町(約百九メートル)より近づいてはならん。狙い撃ちされるぞ」

「伍」の旗指物を背負った使番が十数騎、注意を喚起しながら、盛んに馬を乗り回している。ちなみに使番は、総大将の手足耳目となるのが役目だ。知恵と武勇を兼ね備えた若武者が多く、将来の重臣候補も交じっている。

「おい、竹束持ってこい」

茂兵衛は、小荷駄隊に向けて手を振った。

右翼に池田輝政《いけだてるまさ》以下の二万、左翼に徳川家康率いる三万、そして中央に総大将の豊臣秀次以下、中村一氏、一柳直末、山内一豊、堀尾吉晴《ほりおよしはる》などで二万、総勢七万が三手に分かれて布陣した。

迎え撃つのは、城主松田康長、援将の北条氏勝以下四千人の城兵で、その差はなんと十八倍である。

城攻めは、攻城方の被害も甚大になるのが通常で、一般に単純な力攻めはしないものだ。だが今回は天下統一の総仕上げ、小田原征討の緒戦である。秀吉の命令は単純明快で――

「如何《いか》なる犠牲を払おうとも、あの城は一日で落とせ」

さらには小牧長久手戦での恥を雪《そそ》がんとする豊臣秀次と、その重臣たちの執念が物凄い。この戦、穏やかに終わる道理がなかった。かくて、壮絶な攻城戦の幕が切って落とされたのだ。

ただ、序盤は静かに始まった。

「目標、左手尾根の上の矢倉。前へ、進めェ！」

鮮やかな朱色の甲冑を着た先鋒の井伊直政が、頭上で采配を振り回した。直政も今は馬から下り、徒士《かち》武者姿である。攻城戦において、敵城に乗り込む気なら馬からは下りることだ。馬上で目立っていると、狭間から狙う敵鉄砲の格好の餌食となる。ましてや攻めるのが山城なら尚更、騎馬は不向きだ。

徳川勢は大きく散開し、左翼の小尾根に向け、三町（約三百二十七メートル）進んで十三丈（約四十メートル）上る急峻な斜面に取りかかった。

「百人組、前へ」

やはり仁王から下りて徒士となった茂兵衛が、采配を頭上で振り回した。

最前の家康の命令は「鉄砲隊は前に押し出せ」であった。ただ、無闇に前に出て、敵鉄砲の餌食になるのは御免だ。百人組の先頭を進むのは、この一ヶ月《ひとつき》間、暇に飽かせて用意した数多の竹束である。竹束は、太い竹を幾本も束ね、縄で留めて作る。円筒状だから転がして進むことが可能なのだ。その後方に身を隠して茂兵衛たちは斜面を上った。

そもそも、茂兵衛の配下の多くは実戦経験がない。これが初陣《ういじん》なのだ。

「案ずることァねェぞ。ただ、死にたくなかったら竹束から首を出すなよ」

と、配下に言った。初陣で怖いのは当然だが、足軽たちは、おおむね落ち着いて行動している。これも日頃の訓練の賜物だ。

途中、逆茂木《さかもぎ》や乱杭《らんぐい》を植え込んだ場所もあるにはあったが、それを排除しさえすれば、見通せる斜面は、すべての樹木が伐採され地面が剝《む》き出しになっていた。多少滑る程度で上れないほどではない。ただ、土塁からの距離が二町を切れば、弾がどんどん飛んで来るようになる。そうなったら竹束の有難味がよおく分かるだろう。

ちなみに、逆茂木は枝の混んだ樹木を地面に並べる防御施設、乱杭は先端を削って尖らせた杭を無秩序に並べて植えた防御施設である。

ダンダンダン。ドンドンドン。

徳川隊の右手三町（約三百二十七メートル）、秀次の家老の一人、中村一氏の部隊が岱崎出丸の土塁にとりつき上り始めた。

ドンドンドン。ドン。ドンドンドンドン。

敵は、出丸頂上から鉄砲を雨霰《あめあられ》と撃ちかけてくる。幾人もの中村隊の面々が被弾し、坂を転がり落ちるのがよく見えた。ここから見る限り、中村隊は竹束の数が少ない。あれでは相当にやられそうだ。

（ありゃ……あれほどゆうとったのに岱崎出丸に突っ込んだんかい。気合と忠義心だけでは、どうにもならんことがあるからなァ）

茂兵衛は、軍議の席で天下人秀吉に逆らっても主人の名誉を守ろうとした中村や一柳の態度に好感を持ってはいた。しかし同時に、恥を雪ぐということは、酷い目に遭うことを意味している。半死半生で戦って、初めて名誉は回復するのだ。

「えい、とう。えい、とう。えい、とう」

やはり右手から武者押しの声が聞こえ、もう一人の秀次付の家老、一柳直末の手勢が、中村隊の脇をすり抜け、大手門へ向かい坂道を駆け上がっていく。

ダンダンダン。ダンダンダンダン。

ドンドンドン。ドンドンドン。

坂を駆け上る一柳隊に、左右の尾根筋から銃弾が降り注ぐ。この隊も竹束の数が少な過ぎる。さらに両側から撃たれては堪《たま》らない。凄惨な現場だ。一柳隊は死体の山を築いている。

ダンダンダン。ダンダン。

今度の銃声は方向が違う。茂兵衛たちが今上っている斜面の上方、尾根上の矢倉(西矢倉)に硝煙が棚引いている。あそこからの斉射音のようだ。味方の槍武者が数名、坂を転がり落ちていった。

バタバタタタ。バタバタ。

銃弾が竹束に当たり、けたたましい音を上げた。魂が凍りつくような音こそするが、一応弾は防いでくれる。

たまさか竹束から顔を出していた者が被弾した。不運な足軽は、悲鳴を上げて仰向けに倒れた。しかし、誰も歩を止めることはなく、粛々と上り続ける。攻城戦において、当初撃たれっ放しになるのは仕方がないことなのだ。百個近くの竹束を準備できた自分たちは一柳隊や中村隊、井伊隊よりは恵まれている。己が強運を信じ、上るしかない。

「鬨《とき》の声を上げよ。ほれ、元気を出せ！」

朱色の具足に同色の兜《かぶと》を被《かぶ》った井伊直政が叫び、兵たちはそれに応じた。

「えい、とうとうとう。えい、とうとうとう」

命を賭した戦場へと向かう男たちの声は、陰々たる苦悶《くもん》の呻《うめ》きにも聞こえた。低く、重たく、殺気を帯びている。

茂兵衛は、二俣城《ふたまたじょう》内で聞いた攻め寄せる武田《たけだ》勢の武者押しの声を思い出していた。元亀三年（一五七二）のことだから、もう十八年も前だ。

（武田の鬨の声は、迫力が違ったわ。小便ちびりそうになったものなァ）

その武田衆も今は味方だ。井伊直政の下にまとめて配属され、武田時代は精鋭部隊にのみ許された朱色の具足が全員に支給されている。周囲からは「井伊の赤備え」と恐れられていた。山中城の北条衆は今、いかなる思いで「旧武田武士が唸る徳川の鬨の声」を聞いているのだろうか。

ダンダンダン。ドンドンドン。

バタバタバタ。バタタ。バタバタ。

「えい、とうとうとう。えい、とうとうとう」

最前から敵に撃たれてばかりだ。そろそろ、こちらからもやり返さねば、味方の士気が下がる。

四

「鉄砲百人組、竹束の陰で放列を敷けェ」

茂兵衛が叫ぶと、左馬之助以下の寄騎衆、小頭《こがしら》衆が次々に復唱し、皆に茂兵衛の指示を周知徹底させた。

「鉄砲百人組、竹束の陰で放列を敷けィ」

ここは日頃の訓練の成果が見事に出た。竹束に隠れて歩いていた百人の鉄砲足軽たちが小走りで参集する。それぞれの竹束の後方に隊列を組み、一町（約百九メートル）先の敵矢倉に銃口を向けた。

「口薬《くちぐすり》を火皿に盛れ。こらァ。盛ったら火蓋を閉めるのを忘れるなァ」

小頭たちが配下の足軽衆を怒鳴りつけている。斜面を上り出す直前に、あらかじめ弾薬《たまぐすり》と鉛弾は銃身に込めさせてあるから、後は機関部の操作をするだけだ。

「火鋏《ひばさみ》を起こし、火縄をとりつけろ！」

「火鋏を起こせ。火縄を装着せよ！」

「火蓋ァ、閉まっとるかァ？　閉め忘れてた奴ァ、鼻と耳を削《そ》ぐぞォ」

火蓋は、火皿を覆う安全装置である。もし閉鎖し忘れていると、火縄の火が火皿の口薬に引火し、鉄砲が暴発しかねない。小頭連中が「鼻と耳云々」を持ちだしてまで注意を喚起するゆえんである。

「火蓋、切れェ」

頃合いを見ていた、茂兵衛が叫んだ。

「火蓋を切れェ」

寄騎衆、小頭衆が復唱する。

火蓋を切る——火蓋を右手親指で前方に押し出し、火皿の火薬を露出させる操作だ。後は引鉄《ひきがね》さえ引けば発砲となる。

カチカチ。カチカチカチ。

百挺分の火蓋が前方へと押し出された。

（さて、どこを狙わせるか？）

ここまでの敵の斉射を観察するに、鉄砲隊の居場所は二ヶ所だ。斜面の上の土塁の陰に百挺、矢倉に五十挺といったところだろう。

（下から撃っても、土塁の陰には届かねェ。敵は痛くも痒くもねェだろよ。その点、矢倉は急ごしらえだ。百挺分の弾を集めれば、一部でも壊せるやも知れん。味方の士気が上がるぞ）

「目標、尾根筋の矢倉。最上階の向かって右側を狙え」

「目標、尾根筋の矢倉。最上階の向かって右側！　右や、右だがや！　たァけ、箸を持つ方だわ」

ま、なにせ荒くれの足軽衆である。馬鹿と泥棒と嘘つきの集団だ。左と右の別を教え込むのもまた、寄騎や小頭の給金の内であろう。

「よう狙えよ」

「よく狙えッ」

「放てッ」

ドンドンドンドンドン。ドンドン。

一瞬、百人組は白煙に包まれた。気温が上昇しており、さらには急坂を上り、大量に発汗している。湿った肌に黒色火薬の煙が触れると、チクチクとしてとても痛い。

百人組の鉄砲はほとんどが六匁筒《ろくもんめづつ》である。六匁（約二十二・五グラム）の鉛弾を撃ちだす強力な鉄砲だ。それが百挺で、都合六百匁（約二・二五キログラム）分の鉛弾が木製の矢倉に集中したのだが、濛々《もうもう》と立ち込めた白煙が流れ、改めて矢倉を見上げると——残念ながら、びくともしていない。

（あら、駄目か……）

竹束の陰で、茂兵衛は肩を落とした。

「よおしッ、突っ込めェ」

と、意気盛んな井伊直政が采配を頭上で振り回す。鉄砲隊の斉射の直後に突っ込ませるのが、槍隊を指揮する者の心得だ。赤備えの槍武者たちが、鬨を作り、坂を駆け上り始めた。

「左馬之助、疾《と》く次弾を込めさせろ」

「承知ッ」

だが、左馬之助が怒鳴るより前に、足軽たちは片膝立ちとなり、鉄砲を立て、銃口から弾薬と鉛弾を突っ込み、槊杖《さくじょう》で突き固めている。

ドンドンドン。ドンドン。

今度は矢倉ではない。土塁から身を乗り出した敵鉄砲隊の斉射だ。敵は矢倉と土塁が交互に撃っている。間断のない斉射が徳川勢を襲っていた。

赤備えの武士たちがもんどりうって斜面を転がり落ちてくる。幾人かは、茂兵衛たちが身を隠す竹束に引っかかって止まった。

ドンドンドン。ドンドン。

矢倉からも斉射が来て、赤備え衆はバタバタと倒れていく。さすがにここにきて、井伊隊の出足が止まった。

「進めェ、怯むなァ!」

井伊直政が怒声をはりあげて配下を鼓舞する。しかし、井伊隊の足は止まったままだ。前に進もうと心は急《せ》くが、足が、体が言うことを利かないのだろう。

(いかん。せめて伏せるか、屈むかせな。あんな斜面の途中で立ち往生しとったら、敵鉄砲に「狙って撃って下さい」ゆうとるようなもんだがね)

井伊直政は今年三十歳。秀吉から、酒井《さかい》忠次《ただつぐ》、本多平八郎、榊原康政とともに徳川四天王と褒め称えられた侍大将である。家康からの信頼も厚く武田の旧臣たちを一括して与えられた。だが、茂兵衛の見るところ、他の三人の四天王ほどの名将とは思えない。「進め」「突っ込め」一専門の猪突猛進型だ。酒井は皮肉屋の年寄りだし、平八郎には視野の狭さと狂気が同居している。榊原は酒乱だ。でもいったん戦場で采配を振れば、彼ら三人は柔軟さと狡猾《こうかつ》さ、そして勘の良さをいかんなく発揮し、部隊を勝利へと導く。井伊直政は元々、家康の小姓から身を起こした。極めて優秀な小姓であったそうな。

(能吏《のうり》、必ずしも名将たりえず……ってことか)

ドンドン。ドンドンドン。ドンドンドン。

はたして土塁からの斉射が、動きを止めた井伊隊を薙《な》ぎ倒した。このままでは竹束すらない井伊隊は壊滅する。

「百人隊、土塁の際に照準し、俺の号令を待て」

と、茂兵衛は一声叫ぶなり、竹束の陰から走り出た。身を低くして味方の累々《るいるい》たる屍《しかばね》を飛び越えつつ、走りに走る。

ダンダンダン。ダンダン。

チュイ――ン。キュ――――ン。

陣羽織の兜武者が竹束の陰から駆け出したのを見て「格好の獲物」とばかりに矢倉からの斉射がきた。幾発かは兜をかすめたが、ここで足は止めない。兜の眉《まび》庇《さし》を伏せて坂を駆け上った。

「お～い徳川衆、背後から味方の斉射が来るぞ。その場でええから伏せたまえ。身を低くせい」

と、走りながら呼ばわった。茂兵衛が百挺の鉄砲隊を率いていることは徳川勢なら誰でもが知っている。進むも退くもできずに、斜面で立ち往生していた井伊隊の面々は、救われたような表情でその場に伏せた。

その時、一町（約百九メートル）上方の土塁の陰から、敵の百挺ほどの鉄砲隊が身を乗り出して鉄砲を構えた。

「百人隊、放てッ！」

そう叫んで、自分も斜面に突っ伏した。

ダンダンダン。ダンダンダンダンダン。

チュイ────ン。キュ────ン。

茂兵衛の無防備な尻のわずか半尺（約十五センチ）上を、今度は味方の鉛弾が唸りを上げて飛び去った。配下の撃った弾が、お頭《かしら》である茂兵衛の尻にめり込んだのでは冗談にもならない。

敵鉄砲隊は土塁の向こう側に隠れている。幾ら百人組の鉄砲が下から狙っても当てることはできない。ただ、彼らも発砲する折には、土塁の上に顔を出せねば撃てないから、その機会を狙って斉射を食らわせてやったのだ。土塁上で被弾した敵鉄砲隊が混乱する様が、茂兵衛の位置からもよく見て取れた。今だ。ここは押せ押せだ。

「竹束を進めろ！　ここまで上ってこい！」

斜面に身を伏せたまま、背後の百人組に命じた。

「突っ込めェ！」

百人組の射撃に力を得た井伊隊が立ち上がり、鬨の声を上げて再び斜面を上り始めた。しかし、矢倉の鉄砲隊の方はまだ無傷だ。

ドンドンドンドン。ドンドン。

矢倉からの斉射がきて、井伊隊はまた数を減らす。

「お頭、早う。ひとまずこちらへ」

左馬之助の声が呼んだ。見れば、竹束はすぐそこまで上ってきている。

「よっしゃ」

這いつくばっていた斜面から猛然と立ち上がり、赤備えの屍を飛び越え、竹束へ向かって駆けた。

ドンドン。ドンドン。

チュイ――ン。

豪華な陣羽織姿の茂兵衛を狙って撃っているのは間違いない。銃弾が兜をかすめて飛び去り、別の一弾は足元の土を跳ね飛ばした。

（あ、危ねェ……だから目立つ陣羽織は嫌なんだわ）

茂兵衛は、走りながら心中で愚痴った。

（敵にすりゃ、ええ的だがね。もし生きて帰れたら、寿美《すみ》にゆうてもっと地味な、目立たん陣羽織に取り換えてもらわんと長生きできんぞ）

左馬之助が、竹束と竹束の間を開けてくれている。その隙間を目指して飛び込んだ。弾が来ない場所にへたり込み、激しく肩を上下させて息を整えた。

「お頭、御無事で」

左馬之助が顔を近づけて怒鳴った。

「ああ、助かったよ……おい、左馬之助」

と、筆頭寄騎の具足の肩を摑んだ。

「赤備えの連中を竹束の陰に呼び込め。あんな馬鹿のように一本調子で攻めとると、井伊隊は全滅しかねんぞ。竹束を楯にして、その後方に隠れて少しずつ上ればええんだがね。そうゆえ！」

「承知ッ」

左馬之助は寄騎衆を呼び、井伊隊に「竹束の陰に入れと説得せよ」と命じた。

（前に井伊隊がいなけりゃ、こっちは同士討ちを恐れず、思う存分に鉄砲を撃てるってもんだわ。これからの攻城戦は、鉄砲勝負よ。ま、それをそのままゆうたら、腕自慢の槍武者は怒るだろうけどな）

茂兵衛は、平八郎に代表される古風な武士たちが本音の部分で、鉄砲の存在を嫌悪していることをよく知っている。

しかし、百五十挺の鉄砲に上から撃ちすくめられて懲《こ》りたか、井伊隊の将兵は左馬之助たちの呼びかけに素直に応じ、竹束の陰へと入ってくれた。

「植田ッ」

と、叫んで竹束の陰に駆けこんで来たのは井伊直政本人だ。槍も采配も失くしたのか、抜き身の大刀を右肩に担いでいる。しかも――

「拾遺《しゅうい》様、お兜はいかがされましたか！」

思わず茂兵衛は目を剝いた。井伊直政といえば巨大な鬼の角のような大天衝脇《おおてんつきわき》立《だて》の頭形《ずなり》兜が目印であろう。それが、ない。面頬《めんぼお》ごと、ない。忍緒《しのびのお》が切れたのか、はたまた兜ごと吹き飛ばされたのか、朱塗りの具足の上には血の気の失せた端整な顔が載っているだけだ。

（そりゃ、あんな目立つ兜を被っておれば狙われるわな。ナンマンダブ、ナンマンダブ）

ちなみに拾遺とは、井伊直政の官職である侍従の唐名である。徳川家内では家康に次いで位が高い。

「拾遺様、肩から血が……う、撃たれたのでござるか？」

左の当世袖が脱落し、籠手《こて》の一部が裂けて血が滲んでいる。要は、ボロボロの状態なのだ。

「なに、弾は抜けとる。心配要らん」

そう言いながらも顔を顰《しか》めた。

左肩に被弾したのだろう。それで顔から血の気が失せているのだ。

「御免ッ」

有無を言わせずに、左肩を調べた。太い血の管《くだ》を切った様子はない。確かに弾は後方へと抜けている。体内に留まっていなくてよかった。総じて、養生さえすれば大丈夫だろう。後方へ下がるように説得したが、直政は拒否した。

「ワシは小姓あがりよ。無理をしても先頭に立たねば、武田武士はついて来ん」

「しかし、お怪我は軽くございませんぞ」

バタバタバタ。バタバタバタ。

茂兵衛と直政は首をすくめた。竹束が敵の斉射を防いでくれた音だが、いつもながらに心胆寒からしめる険悪なる音である。

「植田ッ」

直政が、茂兵衛の陣羽織の胸倉を摑んで顔を寄せた。

「貴公なら分かるであろう。小姓や百姓の出だと、少しでも退けば臆病者呼ばわりされる。ワシは毫《ごう》も退くわけには参らぬのじゃ」

「な、なるほど」

一応は頷いたが、内心では違和感を覚えていた。

もし百姓あがりの自分が逃げたら「しょせんは百姓」と笑われるのは仕方のないことだ。しかし、小姓はどうであろうか？　小姓出身の武将はやたらと多い。彼らは大概が知恵の回る男だから、知将とか戦上手と評される傾向がある。榊原康政しかり、鳥居元忠《とりいもとただ》しかりである。あまり「小姓だから臆病者」との誹《そし》りは聞いたことがない。

（たぶん、直政様の仰る「小姓」は、少し意味が違うのだろうなァ）

と、内心で忖度することにした。

直政は幼少のころ、大層な美少年だった。美貌を家康に愛され、衆道《しゅどう》の相手になっていたとの噂がある。本当のところは茂兵衛には分からない。ただ、家老の酒井忠次や、他家にまで音に聞こえた本多平八郎や榊原康政の官位が従五位下諸大夫《たいふ》止まりだったのに対し、彼一人が公卿成《くぎょうなり》を果たし侍従にまで上った。このことで、色々と陰口を叩かれているとは茂兵衛の耳にも入っている。

（それで無茶な突貫を繰り返されておられるわけかい。お気持ちが分からねェでもねェが、それにしても……大将の意地に付き合わされ、全滅させられる配下の将兵は堪らんわなァ）

「拾遺様」

「うん？」

「心得申した。あれなる西矢倉、御一緒に落としましょうぞ。大丈夫、拾遺様には百人組がついとりますわい」

と、斜面の上に聳える矢倉を指さした。

五

「竹束を進めろ。鬨を作れェ」

「えい、とうとうとう。えい、とうとうとう」

茂兵衛隊が一ヶ月かけて作った百個近くの竹束がゆっくりと転がり、山中城の西の斜面を上っていく。

ドンドンドン。ドンドンドン。

バタバタ。バタバタバタ。

矢倉からの斉射がきて、竹束が悲鳴を上げた。だが最前とは明らかに違う。徳川側に死者は出ないし、確実に前進している。槍武者が突っ込み、後方から鉄砲隊が援護射撃をする——これは順番の間違いだ。現在のように竹束、鉄砲隊、槍武者の順に進むのが正しい。今や戦の主役は、どう贔屓目《ひいきめ》に見ても鉄砲隊と足軽たちであった。

「えい、とうとうとう。えい、とうとうとう」

「頭を低うしとれよ。竹束からちいとでもはみ出すと、ドタマいかれるぞ」

「ゲヘヘヘ、ドタマだとよォ」

「ガハハ、お頭、品がねェなァ」

茂兵衛の下卑た言葉に、配下の足軽隊から笑い声が起こった。

（ほう、笑っとるがね。これでええ。これでええんだわ）

茂兵衛は内心でほくそ笑んだ。

（雑兵が陽気な軍隊は滅法強い。これだけは譲れねェ真理だからなァ）

そもそも常勝などあり得ない。戦場では押し込まれるときが必ずある。鋼《はがね》のように規律正しい軍隊は、負け戦に脆いものだ。その点、規律の中にも笑顔が交じる柔らかさのある軍隊は、負け戦でも心が折れない。

（俺の百人組もやっとここまで来たか）

鉄砲百人組の組頭《くみがしら》を拝命したのは天正十五年（一五八七）の正月だ。三年と少しでズブの素人《しろうと》集団を、こうして銃弾飛び交う戦場でも笑い声が漏れる玄人《くろうと》集団へと変貌させたのだ。茂兵衛は晴れがましい気分に浸っていた。

ギギギッギギ。ゴッゴッ。ドシーン。

見上げる土塁の彼方から、建物が倒壊するような音が流れてきた。初めは西矢倉が倒れたのかとも思ったが、斜面の上の矢倉は今も屹立《きつりつ》している。

「植田ッ」

隣を並んで進んでいた井伊直政が、目を剝いた。

左肩の銃創が悪化せぬよう、晒《さらし》で籠手の上から強く縛り、左腕を固定させている。使えるのは右手一本だ。直政は大刀を右手で持ち、右肩に担いでいる。行軍時、抜き身の刀は右肩に刃を外側に向けて担ぐのが心得だ。全軍がこれを守れば、抜き身の血刀を手に走り回っても、味方同士が刀で傷つけ合う危険性が大幅に減る。

「今のは何の音じゃ？」

「さあ」

「そもそも敵は、撃ってこんではないか」

「左様ですな」

見上げれば、土塁の上にも、矢倉にも人の気配がしない。

（逃げやがったかな？）

西矢倉の周囲には畝堀が掘られていたが、時間が足りず、過半は未完成のままだ。北条方は、ここで粘って消耗するのを嫌い、後方へと退いた可能性がある。

（本当に逃げたとすれば、今の轟音はたぶん……）

「竹束、止まれッ」

「竹束、止まれェ」

寄騎、小頭衆の声が轟き、斜面のあちこちを上っていた百個の竹束が動きを止めた。釣られて武者押しの声も止まる。山肌を伝う風の音が急に高まった。右手二町（約二百十八メートル）下方の大手門付近から、激戦を物語る銃声と怒号が伝わってくる以外は、まさに静寂である。

「拾遺様、物見を致したく思いまするが」

「おう、やってみい」

「小六、おるか？」

直政の許諾を得た上で小六を呼んだ。

「はい、お頭」

半町（約五十五メートル）離れた竹束の陰から甥が手を振った。

「おまん、槍足軽十人連れて、西矢倉を物見してこい。頭を低うして行けよ」

「承知ッ」

人の気配がないとはいえ、百挺の鉄砲を擁《よう》する敵陣を見てこさせるのだ。これほど危険な役目は、親族以外には命じにくい。

槍足軽組を率いた小六は、身軽に斜面を駆け上がり、未完成の畝堀を越え、ほどなく土塁の縁に取りついた。足軽たちを散開させ、広く情報を集めようとしているのがいい。内二人は矢倉の下に向かわせた。なかなか冷静な仕事振りだ。百人隊と共に小六も成長している。

しばらくして小六が、土塁の縁を越えようと身を乗り出したその時――

ダ――――ン。

銃声と同時に、小六は仰向けにのけ反り、斜面を転がり落ち、畝堀の中へと落ちて見えなくなった。

「こ、小六！」

茂兵衛は思わず立ち上がった。丑松の女房弥栄《やえ》のまん丸い顔が脳裏を過《よぎ》った。賢くも美しくもないが、人を貶したり恨んだりすることない善良な女だ。そんな無垢《むく》な女の愛息子《まなむすこ》を自分は死なせてしまった。

(ナンマンダブ、ナンマンダブ……取り返しのつかねェことをしちまったァ)

そう心中で叫びながら走り出したのだが、どっこい小六は生きていた。未完成な畝堀の底に座り込み、兜を被った頭を盛んに振っている。

(あのドたァけが……心配させせおって)

指揮官が撃たれたので、土塁を駆け下りてきた足軽たちに両腕を抱えられて畝堀の中から連れ出され、茂兵衛の前にうずくまった。

「無事か？」

「な、なんとか。敵の弾が兜のこの辺をかすめもうした」

小六の桃形兜《ももなり》の鉢の部分が大きく凹んでいる。弾は兜に命中したが、侵入角度が浅く、跳弾したものと思われた。まさに危機一髪。まさに九死に一生である。

「たァけ。心配させるな」

「す、すみません」

ま、小六が謝ることではないが。

彼の報告によれば、敵は防衛線を後退させたらしく、土塁にも矢倉にも人影は見えなかったそうだ。おそらく、西矢倉のさらに奥にある西の曲輪に防衛線を敷き直したものと思われた。

「拙者を狙撃したのも西の曲輪からにございます」

「どうして分かった？」

「白煙が目の端に映ったと同時に、ガーンと来ましたから」

「ハハハ、ガーンと来たか」

「はい、来ました」

と、小六は面頬の奥で明るく笑った。もう大丈夫だろう。善良な義妹の泣き顔を見ずに済むのはありがたい。

茂兵衛は、竹束の陰の井伊直政のところへと駆け戻った。

「北条方は、西の曲輪まで後退したようにございます。このまま西の曲輪まで攻め寄せまするか?」

「当然である」

傲然《ごうぜん》と言い放ったが、その声に元気がない。

「承知ッ。ただ、西の曲輪の土塁は高さこそさほどでないものの、畝堀や障子堀が数多設けられておりまする故、それなりに厄介」

西矢倉の畝堀等は未完成だったが、西の曲輪のそれは、もうすでに完成しているはずだ。家康の前では思わず「畝堀は大したことがない」と本音を漏らした茂兵衛だが、あまり口外していると、攻めあぐねた場合に信用を落とす。

「ふん、難敵の方が気合が入るわい」

強がる直政の顔色がいよいよ悪い。なにせ肩を銃弾が貫通している。本来ならば金瘡医《きんそうい》の手当てを受け、天幕の内で安静にしているべき重い傷なのだ。

「あの、お口に合わぬとは存じまするが、それがし、熊胆《ゆうたん》を持っております」

草摺《くさずり》の裏の物入れから熊胆を取り出し、米粒大に削って差し出した。一般には胡麻粒大の欠片《かけら》を服用するのだが、直政はだいぶ弱っており、かつ今後も攻撃に加わる気らしいから、多めに匙加減《さじかげん》をした。

「熊胆？　これが熊《くま》の胆《い》か」

と、恐る恐る茂兵衛の掌《てのひら》を覗き込んだ。

「大層滋養があり精がつきまする。お飲みになりますか？」

「もらおう」

直政の左腕は晒で縛ってあり動かない。右手は刀を握っている。一瞬、困ったような顔をしたが、やがて刀を地面に突き刺し、右手を自由にしてから、熊胆を摘まみ上げた。躊躇《ためら》うことなく口に含む——と同時に顔を顰めた。

「……苦いものだな」

「良薬は口に苦しでござるよ」

「ハハハ、左様か」

と、笑って、茂兵衛が差し出した竹筒の水を一口飲んだ。

茂兵衛は今まで、井伊直政とはほとんど没交渉であった。無論顔は知っていたし、すれ違えば挨拶ぐらいはした。その程度である。茂兵衛自身は直政のことは好きでも嫌いでもなかった。ただ、茂兵衛にとっての「親分」乃至《ないし》は「兄貴分」である本多平八郎と榊原康政が「しょせんは余所者《よそもの》」「しょせんは色小姓あがり」と極度に直政を嫌うので、自分もなんとなく距離を置いていたのだ。こうして直接に話してみれば、他の三人の四天王ほどには灰汁《あく》が強くなく、付き合い易い印象である。

ちなみに、直政は元々、浜松《はままつ》の北西にある井伊谷《いいのや》出身の遠州侍《えんしゅう》だ。平八郎や康政にとっては、生粋《きっすい》の三河出身者以外はすべて「余所者」なのである。

その後、竹束を西矢倉の土塁上にまで運び上げた。茂兵衛たちがようやく占領したこの場所は、その奥の西の曲輪から見下ろされる位置関係にあり、小六が撃たれたように弓や鉄砲で狙われ易い。ここでも竹束の陰に隠れてジワジワと進むしかないようだ。

竹束から首を伸ばして西の曲輪を望んでみる。西矢倉と西の曲輪との間には空堀が穿《うが》ってあり、本来は木橋で繋がっていたのだが、この橋は完全に壊されていた。最前の轟音は橋が倒壊する音だったのだろう。橋が使えないとなれば、空堀を越し土塁を上らねばならぬが、斜面全体に畝堀と障子堀が設《しつら》えられ、ぐるりと曲輪を取り囲んでいるように見える。

「障子堀の畝を乗り越えるとき、西の曲輪から撃たれるじゃん」

「ほうずら。格好の的でごいす」

茂兵衛の背後で赤備えの兜武者が二人で喋っている。徳川衆に転身して、もう七、八年が経つだろうに、甲州《こうしゅう》人同士で喋る折には、今もお国言葉で会話しているらしい。

（井伊衆の前では、信玄《しんげん》だの勝頼《かつより》だのの悪口は言わん方がよさそうだなァ）

徳川家の領地は、今や五ヶ国に及ぶ。言葉も風土も歴史も異なる人々の寄合所帯だ。各国の事情には、十分気を遣うに越したことはない。

「ここの矢倉に鉄砲隊を上らせてはどうか？」

直政が茂兵衛に提案した。

現在茂兵衛たちがいる場所には西矢倉が無傷で残されている。そこに鉄砲を据えれば、西の曲輪と同じ目の高さ、あるいは少し見下ろす位置関係での銃撃が可能だ。彼我《ひが》はせいぜい半町（約五十五メートル）しか離れていないから、十分に狙って当てられる距離である。西の曲輪は閉口するだろう。

「妙案にござる。では早速に……」

鉄砲足軽を三組、矢倉に上げるよう左馬之助に命じた。

西矢倉攻めでも、西の曲輪攻めでも、やることは同じだ。竹束に身を隠した鉄砲隊が発砲しつつ前進する。いけるところまで進み、最後の最後で槍武者が飛び出して雪崩《なだ》れ込み、一気に制圧するのだ。

ドンドンドン。ドンドンドン。

と、西の曲輪から斉射が来れば——

「放てッ」

ダンダンダン。ダンダンダ。ダン。

と、竹束の陰から撃ち返す。

ダンダンダン。ダンダン。

さらに西矢倉の上からも、味方が西の曲輪目がけて撃ちかけている。撤収するおり、この矢倉を壊さなかったのは、北条方の大失態だ。今頃、西の曲輪の大将は臍《ほぞ》を嚙んでいることだろう。

まさに鉄砲戦であり、その鉄砲の数では徳川が北条を圧倒していた。無数の竹束の陰に隠れて前に前にと押してこられると、城兵側も打つ手がない。数多掘られた畝堀や障子堀にも、大規模な鉄砲隊を先頭にして押し寄せる大軍を止めるだけの力はなかったのだ。

（畝堀も障子堀も、しょせんは小手先の築城術だからなァ）

ここは茂兵衛の見立て通りであった。今や鉄砲の数で勝敗が決まる時代だ。籠城戦はもう時代遅れの戦法なのかも知れない。

西の曲輪に籠る北条の鉄砲隊も、諦めずに撃ち続けていたが、衆寡敵《しゅうかてき》せず、次第に発砲の数が減り、押し込まれていった。

「井伊隊、突っ込め！」

「頃合いやよし」と判断した直政はそう叫ぶと、茂兵衛に笑って会釈し、配下たちの先頭に立って土塁を駆け上がり始めた。満を持していた朱色の甲冑の槍武者たちが、竹束の陰から走り出て、指揮官の後に武者押しの声とともに続く。西の曲輪内からの発砲は限定的だ。すでに勝負はついていた。

六

同じころ秀次本隊は、岱崎出丸と大手門前で壮絶な攻防戦を繰り広げていた。

別《わ》けても先鋒の一柳隊は、背後の二の丸方向からまで撃ちすくめられて、大手門前で立ち往生していた。ここを攻めると両側から撃たれる——これは軍議の席上で茂兵衛が指摘した点だが、一柳隊の竹束の数は少な過ぎる。着陣が遅く、制作が間に合わなかったのだろう。精神力だけでは戦に勝てない。

死屍累々《ししるいるい》たる中、指揮官の一柳直末自身も胸に銃弾を受け、間もなく息を引き取った。攻城側の旗色は、はなはだ悪い。

だが午後になると、秀吉が三万五千人の旗本衆を率いて山を上ってきた。秀吉は、出丸から八町（約八百七十二メートル）ほど南に離れた尾根筋に、瓢簞《ひょうたん》の大馬印を立てて本陣を敷いた。秀吉に見られている。このことが秀次の闘争心に火を点《つ》けた。

「死ねや者ども！」

秀次は、一柳隊と中村隊を叱咤激励《しったげきれい》しつつ自らも馬を進める。この二十三歳になる若き中納言は、只々《ただただ》武功に飢えていた。

彼にとっての戦の記憶は、天正十二年（一五八四）四月の尾張白山林で停止している。奇襲を受け、兵士を置いて逃げ出したことを、秀吉から厳しく叱責された。その後は、雑賀《さいか》や島津《しまづ》の征討にも従軍した秀次だが、白山林での恥辱を払拭するほどの活躍はできていない。だからどうしても武功が欲しい。

秀次に急かされた後詰めの山内一豊隊と田中吉政隊が大手門へと殺到し、数を減らし疲弊した一柳隊を助けて、火を噴くように攻め立てた。

ド――ン、ド――ン。

いよいよ大鉄砲が鳴り始めた。この音はたぶん三十匁（約百十三グラム）筒だ。城門の閂《かんぬき》や鎹《かすがい》を破壊しようと持ち出してきたのだろう。

ド――ン、ド――ン。

大鉄砲は大きな威力を誇るが反動も凄く、銃身が盛大に暴れるので、狙ったところに弾は飛ばない。うんと目標に近づき、銃口を押し付けるようにして撃つ必要がある。大鉄砲は城攻めの最終局面での接近戦でこそ力を発揮する特殊な得物なのだ。

大鉄砲での攻撃はさすがに強力で、秀次の本隊はついに大手門を突破し、そのまま三の丸へと雪崩れ込んだのである。

これを見た秀吉は大いに喜んだ。毛利輝元《てるもと》など、上方に残してきた留守居役の諸将に宛てた手紙に――

「中納言は、山中城を本日二十九日に攻め、早々と午《うま》の刻《こく》（正午頃）にはこれを落とした」

と、秀次の奮闘を誇らしげに書いている。厳密には、午の刻にはまだ山中城は落ちていない。嬉しさのあまり、少々話を盛ったか。

西の曲輪から突入した徳川軍と東方の三の丸から突入した秀次軍は、二の丸内で鉢合わせし、合流した。残るは本丸のみだ。その場の目配せで、数を頼りに一気に攻めかかることになった。

「放てッ」

ダンダンダン。ダンダンダ。ダン。

百人組の鉄砲が火を噴いた。本丸からも応射してきたが迫力不足だ。すでに勝負はついている。

「な、茂兵衛よ」

鉄砲隊を指揮する茂兵衛の背後から、思い詰めたような声がかかった。振り向けば辰蔵だ。槍を手に茂兵衛を睨みつけている。

「なんだら？」

「ちょいと相談がある」

「たァけ。戦の最中じゃ。後にせい」

「頼む。俺には今しかねェんだわ」

辰蔵が必死な面持ちで一歩踏み出してきた。

「しょうがねェなァ……おい、左馬之助ェ」

茂兵衛は指揮を筆頭寄騎に委《ゆだ》ね、義弟に向き直った。

「もう戦の世は終わりだがや。今後は惣無事令が幅をきかせよる」

「だからなんだら？」

「ここは、ワシが手柄を挙げられる最後の機会かもしれん」

「なにをゆうとる？」

と、首を傾げたと同時に、かつて平八郎から言われた言葉を思い出した。

「それでも今までは夢があったのよ。戦で武功を挙げれば加増が見込める。腕と運があれば、百貫が二百貫に、二百貫が千貫にもなれたんだわ。でも、惣無事令が出ると夢は消しとんじまう。嬶《かかあ》ァが産んだ娘が別嬪《べっぴん》で、殿様の妾《めかけ》にでもならない限り、大きな加増は望めねェ。未来永劫、百貫、五十貫のままよ」

辰蔵の俸給はまさにその百貫（約二百石）だ。取り分が四公六民だとすれば、馬を彼の取り分は八十石（約八百万円）である。ただ、騎乗の身分ともなれば、馬を飼わねばならぬし、奉公人も召し抱えねばならない。生活は楽でないはずだ。義兄として、朋輩《ほうばい》として、また実子松之助《まつのすけ》の養育を押し付けている身として、真摯《しんし》に向き合わねばならない問題である。

「辰、おまんの策はなんだら？　話してみりん」

「うん。あのなァ」

現在、二人の目の前には山中城の本丸がある。もう抵抗は弱く、攻城側の勝ち戦なのは明白だ。

「今なら本丸一番乗りの可能性がある。大将首だって夢じゃねェ。俺は、手柄を挙げるんや」

と言って、辰蔵は槍の柄を握り締めた。

鉄砲隊の寄騎は武功を挙げにくい、言わば「割の合わない役目」である。鉄砲隊がどんなに活躍しても、それは「隊としての武勲」であり、寄騎個人の手柄とは見なされない。もし個人が褒賞されるとしても、それは指揮官である茂兵衛だけが褒められる。お頭の陰に隠れて辰蔵や左馬之助は出世しにくいのが実情なのだ。

「ほんの半刻（約一時間）でええ。持ち場を離れさせてくれや」

「なんだ、そんなことかい」

是非もないと思った。この場での鉄砲隊の出番はもう終わりで、後は槍武者たちが前に出て本丸に突入する。辰蔵一人抜けたからと、鉄砲隊の指揮系統に支障が出るとも思えない。

（ただ、最前の小六の例もあるしなァ）

あと一寸（約三センチ）か二寸着弾がずれていたら、小六は死んでいたのだ。

（辰蔵を死なせたら、タキに合わす顔がねェ。なにせ俺ァ、妹の最初の男を殴り殺してるからなァ）

もう四半世紀も前の話だが、確かにやらかしてしまった。あの時のタキの恨みがましい視線を茂兵衛は今も忘れない。

「よし、隊を離れてええぞ。その代わり、俺も一緒にいく」

「え？」

面頬の奥の表情が、少し迷惑そうだ。槍の腕は数段茂兵衛が上だから、美味しい手柄はすべて持っていかれかねないと思ったらしい。辰蔵も必死なのだろう。

「心配すんな。俺が倒した敵も、全部おまんの手柄にしてくれるがね」

「ほ、ほうかい。すまんのう。ならば好意に甘えさせて貰うわ。一緒に行こう。や、一緒に行ってくれ」

面頬の奥の目がにっこりと笑った。

ただし、抵抗が弱まったとはいえ、本丸からの発砲は続いている。沈黙しているわけではない。四十過ぎの老兵が二人で突っ込んでも、敵鉄砲の餌食になるだけだ。

「富士之介《ふじのすけ》、竹束もってこい！　丈が一番短いのを選ぶんだぞ」

「殿、一番短いのでございまするか？」

「そうゆうたがね」

「ははッ」

茂兵衛以上に巨漢の植田家郎党が、もう一人の郎党である稲場三十郎《いなばさんじゅうろう》と二人で竹束を抱えてきた。百人組から離れて敵城本丸に斬り込む——これはいわば、役目を離れての私事だ。家康の直臣《じきしん》たる百人組の将兵を使うわけにはいかない。そこで辰蔵以外は、己が郎党のみを連れて行くことにした。

富士之介と三十郎に竹束を転がさせ、その陰に隠れて斜面を上った。最も短い竹束を選ばせたのは、軽いことの外に、畝堀の畝と畝の間にはまり易いからだ。あまり長いと畝と畝の間に橋のように架かってしまい、後方に隠れても腹から下が丸出しになる。これでは防弾の意味をなさない。たった四人が身を隠せるだけの長さがあればそれでいい。

バシバシ。バシバシバシ。

時々竹束に敵銃弾があたり、騒がしい音を上げた。

「進め。天辺《てっぺん》まで迷わず上れ。足を止めるな」

富士之介と三十郎に檄《げき》を飛ばしつつ、自らも足を速めた。

「あっこだら。あっこなら人がおらんわ」

人の気配のない場所を選んで土塁の上に立った。振り返って見れば、三葉《みつば》葵《あおい》紋《もん》の幟旗《のぼりばた》（徳川家）も二重釘抜紋の旗指（一柳家）も遥かに遅れて、坂の途中でグズグズしている。

「辰、大丈夫だがや。間違いなく一番乗りはおまんだわ」

「へへへ、茂兵衛、相すまんのう」

「ハハハ、お互い様だがや……」

と、微笑《ほほえ》み返した刹那、その笑いが凍りついた。

「あ、あれェ？」

本丸の中に翻《ひるがえ》る星梅鉢紋《ほしうめばちもん》（中村家）の幟旗が目に入ったのだ。傍らには、槍を立てた大柄な武者が仁王立している。駆け寄って名を問えば——

「身共、渡辺勘兵衛了《わたなべかんべえさとる》と申す。中村一氏が家来にござる」

「では、貴公が本丸への一番乗りにござるか？」

「左様、左様。ガッハガッハ、ガッハガッハ」

と、妙ちきりんな笑い方で答えた。

「あいた……してやられたわ」

辰蔵は落胆し、その場にしゃがみ込んでしまった。

「辰、たァけ。ここでしょげ返っとってどうする！　一番乗りが駄目なら、次は大将首を狙うべし」

「ほ、ほうだがや」

「手分けをして大将首を探そう。おまんは富士之介を連れて行け。俺は三十郎と組んで探す。心配すんな。どちらが倒しても、おまんの武勲だがね」

「すまんなァ。じゃあ、互いに武運を！」

茂兵衛は、本丸内を稲場三十郎一人を連れて駆けまわった。

「三十郎！」

「ははッ」

「雑兵には目もくれるな。兜武者、それも派手な飾り物の侍がええ」

辰蔵の加増を勝ち取るためには雑兵の首では不足だ。是非、兜首が必要だ。それも可能な限り賑々《にぎにぎ》しい――

「殿、右手におりまするぞ」

三十郎が指さす彼方を眺めれば、日月《じつげつ》の前立《まえだて》の筋兜《すじかぶと》を被った鎧《よろい》武者が一騎、槍を立て、大石に悠然と腰かけている。さぞや名のある侍と見た。

「それがし、徳川家康が家臣、植田茂兵衛と申す者。いざ尋常に勝負」

と、駆け寄って槍を構えた。

「拙者は、北条家家臣松田兵部《ひようぶ》、この首獲って手柄とされよ」

かなりの老武士のようで、声色が渋い。彼も立ち上がり、槍を構えた。穂先が一尺（約三十センチ）以上もある大身の槍だ。

（松田か……名のある国衆だがや）

小田原の北方に、松田という土地がある。そこの国衆である松田家縁《ゆかり》の武士と見た。ちなみに、この山中城の城番もまた松田姓である。

（それに日月の前立……こいつの首級《しゆきゆう》なら、百貫や二百貫の加増は望めるぞ）

もし辰蔵が二百貫の加増となれば、今までの分と合わせて三百貫となる。石に直せば六百石だ。生活苦からは余裕で解き放たれよう。

「えいやッ！」

「そりゃあ！」

槍を構えたまま、気合で相手を威嚇《いかく》し合う。

（相手は大身の槍だなァ。突いてよし、斬ってよしか。危ねェ得物だァ……でもよォ）

大身の槍は、兎《と》に角《かく》穂先が長い。一尺（約三十センチ）以上もある。強力だがいかんせん重く、取り回しが大変なのである。別けても今回の相手は老武士である。老人には向かない得物だ。

一方の茂兵衛は、平凡な素槍である。以前は「自分は槍武者」との意識が強く、笹穂槍などを使っていたが、今は鉄砲隊指揮官としての自覚が勝り、槍に拘る気持ちが失せていた。

「それッ」

老武士は、一突き陽動をくれた後、振り上げて上から叩いてきた。茂兵衛も応戦して叩き返す。高級な持槍は重さ一貫（三・七五キロ）はある樫《かし》などの一本材から作られる。その打撃力は物凄く、戦場で槍を使う場合、六割、七割は「叩き合い」だ。

ガンッ。

茂兵衛の槍が、老武士の兜を直撃し、日月の前立が折れて飛び散った。兜の飾り物は紙製や木製が多い。軽く壊れ易くできている。あくまでも飾りなのだ。

よろける老武士の肩の辺りを狙って、今度は槍を横に薙いだ。

ゴスッ。

老武士は槍を放り出し、無様な格好で横に倒れた。

茂兵衛は槍を頭上で素早く旋回させ、そのまま老武士の下腹部、胴と草摺の隙間、揺糸《ゆるぎのいと》の辺りに槍の穂先を突き立てた。

「ぐえッ」

（おいおいおい。ここまで実力差があると、なんだか酷い事をしてる気になるなァ。ま、辰蔵のためだァ、ナンマンダブ、ナンマンダブ）

「おい、三十郎、辰を呼べ」

「ははッ」

と、一礼して駆け去った。すぐに辰蔵はやってきた。

「それ、早う首を獲れ」

「え、ええのか？」

「たァけ。早うせえ！」

「お、おう」

と辰蔵は応え、松田の上に跨《またが》り、短刀を抜いた。

「き、貴公……名は？」

気息奄々《きそくえんえん》たる松田が、辰蔵に質した。

「徳川家家臣、木戸辰蔵にござる」

「うん。ハハ、木戸殿……出世なされよ」

そう言って、侍は目を閉じた。

「ご、御免ッ」

辰蔵は声を震わせつつ、松田兵部と名乗る武士の喉に、短刀の切っ先を突き立てた。

圧倒的な数の前に、北条方の組織的な抵抗は間もなく鳴りを潜めた。城代松田康長は自刃《じじん》、援将の北条氏勝は逃亡し、夕方近くなって山中城は完全に落ちた。秀吉臨場からわずか数時間後の落城であった。

両軍の戦死者は二千人とも。ほんの半日で終わった戦いだが、その激烈さにおいては戦国期屈指の攻城戦と言っていいのではなかろうか。硝煙と血の臭いが漂う城砦を西陽が照らしていた。北条氏の終焉を暗示すると共に、武辺の時代の終わりをも予言している。茂兵衛には、そんな夕陽にも見えた。

第二章　奇妙な戦場《いくさば》——韮山城攻《にらやまじょうぜ》め

一

三月二十九日——茂兵衛たちが山中城《やまなかじょう》を攻めたのと同じ日、織田信雄を総大将とする四万五千は、山中城から直線距離で五里（約二十キロ）南西に立つ韮山《にらやま》城《じょう》を包囲した。

韮山城は、後北条氏初代の北条早雲《そううん》こと伊勢新九郎《いせしんくろう》が築城し、暮らした。言わば後北条氏創生の城だ。城番は北条氏政の同母弟にして、家康の幼馴染《おさななじみ》でもある北条氏規《うじのり》である。

翌朝、秀次隊とともに山中城を落とした徳川隊は、秀吉の本隊について、山中城からそのまま箱根《はこね》を越えて小田原《おだわら》へと向かうことになった。出発の直前、茂兵衛は家康に呼び出された。

「茂兵衛、参りましてございます」

「おう、来たか来たか」

天幕の内で床几《しようぎ》に座り、本多正信と小声で話し込んでいた家康が、茂兵衛を満面の笑みで迎えた。

(ああ、このお顔……ろくな話ではねェな)

茂兵衛に面倒事を押しつけるときの家康は、たいていこの恵比寿顔から入る場合が多い。主人の笑顔に釣られて油断していると、えらい目に遭う。

「おまん、北条氏規殿とは昵懇《じっこん》の間柄だったな？」

「あんの……」

昵懇ではない。きちんと対面し言葉を交わしたのは、四年前に一度きりだ。宴席の途中で、コソッと家康の起請文を手渡し、一言二言喋ったに過ぎない。その後、氏規は北条の外交担当として駿府《すんぷ》を幾度か訪れてはいるが、茂兵衛が饗応《きようおう》や交渉の場に呼ばれたことは一度もない。たぶん先方は、茂兵衛の顔を覚えてすらいないだろう。

それを「昵懇だったな」と頭から決めつけられ、大いに困惑していた。すがる思いで正信を窺ったのだが、例によって露骨に視線を外された。

（おやおや……もうどうにもならんようだわなァ）

家康も、昵懇でないことを知った上で無理矢理決めつけているのである。ここで「昵懇ではない」と否定したところで主人は怒り出すだけだし、どうせ命令は下るのだから、ここは平伏しておくことにした。

「ははッ」

「うんうん」

（ほら、機嫌よう頷いてくれとるがね。なるようになるわ）

氏規は、冷静で聡明な人物として北条家の外交交渉を一手に担ってきた。今般《こんぱん》も開戦の直前まで、秀吉との和睦を目指して大坂《おおさか》と小田原、駿府の間を駆けまわっていたのだ。

「ワシはのう。どうしても助五郎《すけごろう》殿（氏規）を死なせたくないのよ」

「ほおほお」

「決して、幼馴染だからとゆうだけではねェぞ。助五郎殿は役に立つ」

「はあはあ」

あまり「ほうほう」を繰り返していると「おまんは、梟《ふくろう》か！」と怒鳴られるので、ときには「はあはあ」を交えるようにしている。

北条氏規は家康より三歳年下だ。ともに今川《いまがわ》家の人質として、幼少期を駿府で過ごした。屋敷が隣同士で、気も話も合ったようだ。氏規は駿府で元服し、関口《せきぐち》氏広《うじひろ》の娘を最初の妻に迎えた。この関口氏広にはもう一人娘がおり、それが家康の正妻である築山殿《つきやまどの》だ。つまり家康と氏規とは「相婿《あいむこ》」の関係でもあったことになる。その後、氏規は関口の娘を離縁しているし、家康に至っては築山殿を殺させているが、そんなところまでこの二人は——ま、そこはいい。

「ワシとしてはさ」

家康が身を乗り出した。

「助五郎殿を説得して韮山城を早いうちに開城させれば、今度は、彼を小田原城や、多くの支城を説得する和睦《わぼく》の使者に据えることができると、そのように考えとるわけだがね、分かるな？」

「御意ッ」

「小田原北条氏は兄弟仲がええからのう。氏政公も助五郎殿の言葉なら、あるいは耳を貸し、早々に城を開いてくれるやも知れん」

この点は茂兵衛も同意である。四年前の黄瀬川《きせがわ》河畔での宴《うたげ》の席でも感じたことだが、北条家の人々は誰も人柄が良さそうで、兄弟主従が親しく相談して領国を運営しているように見受けられた。意地悪な見方をすれば、それほどの英傑才人がいないので、身を寄せ合って知恵を集め、なんとか乱世を生き延びようとしているようにも映る。

「茂兵衛よ。おまんも見たろ？　山中城での侍共の血狂い振りをよォ」

「……御意ッ」

「酷いものだら」

「御意ッ」

天下の形勢は既に決しており、下級武士には、この戦《いくさ》が功名を挙げられる最後の機会との思いが強い。武勲を渇望しているのは一人辰蔵ばかりではないのだ。彼らは誰もが血に飢え、首級に飢えている。

「このまま放っておけば、助五郎殿も、穏やかな氏政殿も、ワシの娘婿の氏直《うじなお》殿も、血相を変えた餓鬼の如き侍どもに討ち取られてしまうがね」

そうならぬためには、氏規を説得し、両陣営の傷が広がる前に、韮山城を無血開城させる必要があると家康は説いた。

茂兵衛の鉄砲百人組は、表向き「徳川の援軍」として小笠原丹波《おがさわらたんば》指揮の長柄隊《ながえたい》と共闘する。ただ、茂兵衛の本当の役目は、軍使として面識のある氏規と面会して「早期の降伏開城を説くこと」にあるという。あまり、自分に向いた役目とも思えない。

「それがしが説得するのですか？」

「たァけ。いちいち辛気臭《くせ》ェ面《つら》するな！」

ここで初めて家康が癇癪《かんしゃく》を起こした。

「ワシが一度でもおまんに、無茶な役目を命じたことがあるか？」

と、采配で顔の前をバサバサと払われた。

（いやいやいや。おいおいおい）

公正に見て、七、三で無茶な役目を振られることの方が多い。傍らに控える本多正信が顔を顰《しか》め、指先で月代《さかやき》の辺りを掻いた。

「おまんに四通の書状を託す。一通は織田信雄殿宛じゃ。おまんに便宜を図るようにとの依頼状だわな。もう一通は、助五郎殿宛。これには北条主従の命を救う方法は無血開城しかない旨を認《したた》める。さらにもう一通は小笠原丹波宛じゃ」

韮山城攻城隊四万五千は、信雄が率いる織田勢一万七千人を基幹として、幾人かの大名衆――蒲生氏郷、細川忠興《ほそかわただおき》、福島正則《ふくしままさのり》、蜂須賀家政《はちすかいえまさ》、前野長康《まえのながやす》が率いる手勢で構成されていた。そこにはごく少数だが徳川勢も交じっており、小笠原丹波という老足軽大将が指揮を執《と》っている。小笠原宛への書状は、労《ねぎら》いと士気を鼓舞する言葉で埋め尽くされており、一般的な内容だ。

「そして……」

最後の一通は、小笠原丹波の麾下《きか》にいる江川英長《えがわひでなが》宛の書状だという。

「おまん、太郎左衛門《たろうざえもん》（江川）には会うたことがあるか？」

「お噂はかねがね……ただ、面識はございません」

「うん。若いが仕事の確かな男よ」

江川英長は、もともと北条侍である。江川氏は、伊豆《いず》韮山の国衆だ。実父である江川英吉《ひでよし》は今も韮山城の支城の一つ江川砦を守っている。英長は江川家の嫡男だが、故あって北条から離れ、伝手《つて》を頼って徳川に仕えることになったという。

「国境《くにざかい》に盤踞《ばんきょ》する国衆にはよくあることよ」

と、家康が皮肉っぽく笑った。

国衆とは、言わば小豪族だ。北条や徳川などの大勢力の被官となることで生き長らえる。しかし、その大勢力同士が相戦う場合、親族間で話し合い、対応を異とすることも多い。敵対する陣営にそれぞれ分かれて所属することで、一族の共倒れを回避するのだ。

今回江川一族も、主人英吉は北条側に残って忠義を尽くし、嫡男英長は徳川方に寝返って家名の存続を図ったものと読める。

「江川父子は喧嘩別れしておるわけではねェ。だから太郎左衛門に父親を口説かせ、一刻も早い韮山城無血開城の一助とせい」

「御意ッ」

と、茂兵衛は頭を下げ、四通の書状を受け取った。

翌朝、百人組を率いて下田街道《しもだかいどう》を南下すると、麓《ふもと》に韮山本城を抱える天ヶ岳《てんがたけ》が見えてきた。

伊豆の山々を背後に背負い、広大な田圃《たんぼ》と湿地が広がる中に比高四十丈（約百二十メートル）ほどの天ヶ岳が聳《そび》えている、まるで巨大な鷲が大きく翼を広げたような、猛々《たけだけ》しい山容だ。韮山本城があるのは、天ヶ岳北方の麓である。典型的な平山城と言えよう。

天ヶ岳の頂きから四方に延びる尾根筋には、曲輪《くるわ》を縦に連ねた堅固な砦が幾つも築かれており、各砦は相互に連携して戦うだろうから、あたかも山全体が一個の城砦のように機能するのは間違いない。便宜上、天ヶ岳の砦群を含めた城の全体を広義の「韮山城」と呼び、北条氏規が籠《こも》る北の麓の城郭を「韮山本城」と呼ぶことに軍議で決まっていた。

いずれにせよ、寄せ手は大層苦労しそうだ。さすがは戦国の風雲児北条早雲こと伊勢新九郎が縄張りした城だけのことはある。地形を上手く利用しているし、独立した砦が相互に協力して防戦するやり方は、小田原城と数多《あまた》の支城群との関係性にもよく似ていた。

（これが北条流かァ）

山中城攻めで苦労させせられた障子堀《しょうじぼり》や畝堀《うねぼり》、十字砲火《じゅうじほうか》を浴びせかけてくる計算し尽くされた曲輪の配置など、北条流築城術の見事さ、強かさを茂兵衛は思い起こしていた。

「韮山本城と江川砦のある北半分は、水堀に守られとって手が出せんわなァ」

左馬之助や辰蔵など、茂兵衛配下の寄騎たちが、轡《くつわ》を並べて馬を進めながら韮山城を品定めしている。

「その点、南半分には水堀がねェ。尾根は急峻だが、上れないほどではねェだろ。ワシなら南から攻めるがね」

「ほうだら。南から攻めるに限るわ」

（まあな。それはそうだわな）

傍らで聞き耳を立てている茂兵衛も、おおむね同意見であった。

城を只々《ただただ》力攻めにするなら、南から攻めるに限る。ただ、今回の場合、茂兵衛の立場はもう少し複雑である。寄せ手の総大将の織田信雄や秀吉恩顧の西国大名衆がどう動くのか？　江川英長は韮山城内の父親と連携が取れているのか？　そもそも城将の北条氏規の思惑はどうなのか？　家康と正信にも不確定な要素が多過ぎて、書状だけを与えて、後は茂兵衛の判断に丸投げの感がなくもない。色々な要素を勘案しつつ現状での最適解を導き、韮山城攻撃における百人組と徳川勢の進退を決せねばならない。なかなかに難しい。

織田信雄は、叔父の織田信包《のぶかね》、父の代からの家臣で妹婿でもある蒲生氏郷の陣の背後に隠れるようにして、韮山本城一色口《いっしきぐち》の城門から半里（約二キロ）北方に本陣を置いていた。

（随分と遠いがね。城兵の数は三、四千と聞く。こちらは四万五千……信雄公、

ちと腰が引け過ぎではねェのかなア）

下田街道を左に曲がり、信雄の本陣へ向かって百人組は粛々と進んだ。

総大将織田信雄は、憔悴《しょうすい》しきっていた。

「植田とやら。あの北条氏規とか申す田舎武者は正気か？」

茂兵衛が差し出した家康からの書状を食い入るように読みながら、時折、顔を上げて信雄が不満げに吼《ほ》えた。

「とてもではないが、まともとは思えん」

茂兵衛としては返す言葉もなく、只々頭を下げていた。

城を包囲した初日である一昨日、韮山本城の十八丁畷口《じゅうはっちょうなわてぐち》に、福島正則の一隊が攻撃を仕掛けたのだ。福島隊としては、挨拶代わりに「軽く一当て」のつもりだったのではあるまいか。ところが氏規率いる城兵は、これに対しバチバチに応戦してきた。数十挺の鉄砲を撃ちかけた後、城門を大きく左右に開き、武者押しの声とともに数百名で押し出してきたのだ。

相手は、四万五千の大軍に囲まれた小城である。城兵の数は四千人にも満たない。まさか初日から城門を開き、打って出てくるとは夢にも思わない。動揺した福島隊は大いに崩れた。押しに押されて、三町（約三百二十七メートル）も後退したそうな。

ただ、城門は開いたままだった。

もしここで信雄が総攻撃の法螺貝《ほらがい》を吹かせていれば、韮山城は山中城同様、半日で落ちたのかも知れない。しかし、信雄の本陣は半里（約二キロ）も後方だ。情報も使いも遅れに遅れる。同じ頃に山中城で、総大将の豊臣秀次や徳川家先鋒の井伊直政がほとんど最前線に立ち、将兵を鼓舞していたのと対照的ではないか。大手門攻略の指揮を執った一柳直末に至っては、胸に銃弾を受けて討死している。結局、信雄の本陣で法螺貝が吹かれることはなかった。

福島正則は、己が本隊を投入し、開かれた城門に殺到したのだが、城将の北条氏規自らが長刀《なぎなた》を手にして門前に現れ、瞬《まばた》きする間に六人の武者を撫で斬りにして、悠々と引き揚げた。福島勢の鼻の先で城門はピタリと閉じられたのだ。正則、切歯扼腕《せっしやくわん》である。

怒りが収まらぬ正則は、信雄の本陣に怒鳴り込んだ。

「あの阿呆の三介《さんすけ》（信雄）をここへ呼べ！　野郎のケツに法螺貝を突っ込んで、吹き方を教えてくれるわ」

と、喚き散らした。正則の主人はあくまでも秀吉である。その主人が天下を取ったのだから、「内大臣よ」「織田家の棟梁よ」といったところで、知ったことではない。正則らの信雄に対する礼は軽い。無礼も侮辱《ぶじょく》も、罵倒《ばとう》も打擲《ちょうちゃく》も、恐れるに足らずだ。

むしろ猛将の剣幕に委縮した信雄は、端から正則に会おうとせず、叔父の織田信包と義弟の蒲生氏郷が応対し、言い訳し、宥《なだ》めすかし、なんとか正則にお引き取り願った次第である。

「そ、それはまた……御災難にございましたなァ。お見舞い申し上げまする」

茂兵衛は必死に笑いをこらえながら、家康の書状を改めて冒頭から読み返している信雄に頭を下げた。

（この御仁、同じ書状を幾度読み返しとるんだら？）

茂兵衛が見る限り、信雄が家康の書状を読み返すのはこれが三度目だ。城兵の激しい抵抗に遭い、また味方の猛将に突き上げられて、今や「どうしていいのか分からない」信雄にとって、家康の書状のみが安らぎと癒しをもたらしてくれるものと思われた。

「亜相《あしょう》殿は、滅多に怒らんし、ワシが下手を打っても怒鳴ったりせん。あの短気で横暴な父上に対しても、いつもニコニコと接しておられた。家康殿こそが天下第一の君子。日ノ本一の善人。ああ、この先なにがあっても、ワシは家康殿についていこうと思う」

と、固く心に誓っているようだが——六年前の天正《てんしょう》十二年（一五八四）、小牧《こまき》長久手戦《ながくてのいくさ》の折、信雄が勝手に秀吉と和睦した旨を聞いた「日ノ本一の善人」が、激怒激昂し、凶悪な目つきで歩き回り、家臣団に八つ当たりしていた事実を、信雄は知らない。

ともあれ、信雄は家康の書状が依頼した通りに、早速、小笠原丹波と植田茂兵衛の二人を開城を求める軍使に任命し、城内へと送り込む手筈を整えてくれた。

韮山城へと出向く前に、茂兵衛は小笠原丹波と江川英長と面談した。徳川家の天幕内で挨拶を交わし、家康からの書状を手渡した。二人は早速に書状を開いて黙読し始めた。

徳川勢を率いる小笠原丹波は、還暦過ぎの小柄な老将であった。信濃《しなの》小笠原氏の庶流が出自だという。二百人の長柄隊を率いる足軽大将だが、同じ足軽大将でも鉄砲百挺を備え、総勢三百人を率い、侍大将目前の茂兵衛の方がわずかに地位は高い。一方の江川英長は今年三十歳だ。昨日一緒に戦った井伊直政と同じ年である。こちらは生気に満ち、いかにも目先の利く「能吏《のうり》」といった風情の若武者だ。

「太郎左衛門殿（江川）、城内の御父上とは連携がとれておられるのか？」

「昨日の今日ということで、流石《さすが》に連携とまでは参りません」

「なるほど」

茂兵衛は、床几に座ったまま頷いた。

「家康公の書状にもある通り」

江川が話を継いだ。

「鋭意連携を取れるよう、今後は働きかけを強めて参りまする」

「左様か……ま、慎重にやって下され」

江川には、城内の父親と連絡を取り合うことを最優先にしてもらい、その手段方法は彼に一任することにした。茂兵衛などが下手に動いて、城内における氏規や英吉の立場が危うくなっては元も子もないからだ。

「植田殿、このようなものを作らせてみ申した」

と、小笠原が懐から畳んだ絵図を取り出し、広げて茂兵衛に示した。韮山本城とそれを囲む砦群の配置を記した見取図である。

「折角、敵の城内に入るのでござる。大体の縄張りを頭に入れておけば、城の弱点、攻め所なども目につきましょう」

「これはかたじけない。なかなか便利な絵図にござるな」

よく見れば、天ヶ岳から延びる尾根筋は、四方はおろか五筋乃至《ないし》は六筋もありそうだ。

（まるで蜘蛛《くも》か蛸《たこ》が、足を伸ばしたような城だがね。その各足の先っぽが、すべて砦となっているから始末に悪いわな）

溜息が漏れた。左馬之助たち寄騎衆は「南側の尾根を攻める」と安易に言っていたが、一つの尾根を上っているとき、隣の砦から背中を撃たれることになりそうだ。距離は一町半（約百六十四メートル）はあり、狙って撃って当てるのは難しかろうが、大体で撃っても当たれば死ぬ。しかも周囲ぐるりが湿地か田圃で足元が悪い。北半分は幅の広い水堀となっている。

（この城……意外に性質《たち》が悪いがね）

茂兵衛が絵図を見て憂鬱そうな顔をするのを見て、小笠原がニヤリと笑った。

「難攻不落にござるか？」

「ハハハ、なんのなんの、古来、落ちぬ城などござらんよ」

と、虚勢を張りながら絵図を畳んで懐に仕舞い、床几を立った。

二

茂兵衛は、小笠原丹波と轡を並べて韮山本城へと向かった。今回は使者として敵城内に入るので、戦意のないことを示さねばならない。面頬《めんぼお》は外し、兜《かぶと》は忍緒《しのびのお》を緩めて背中に吊っている。二人きりである。飛道具や槍などの長物も持たないのが心得だ。

蒲生勢四千名が布陣する中をゆっくりと進んだ。途中で、対《むか》い鶴《つる》の家紋を刺《し》繍《しゅう》した陣羽織姿の武将が徒歩で現れ、黙って茂兵衛たちに会釈した。長久保《ながくぼ》城《じょう》での軍議の席上で見た蒲生氏郷その人である。鞍上《あんじょう》からだが、一応は会釈を返しておいた。

（わざわざ出てきて見送ってくれたな……義理堅い御人なのかな？）

蒲生勢の陣が途切れると、城門まで五町（約五百四十五メートル）ほどの湿地が続いていた。北側の城門である一色口へと続く道の両側には、わずかに地面を掘り、土嚢を積んだ簡単な鉄砲陣地が幾つか築かれている。それぞれ十名程の鉄砲足軽が配置されていた。黙々と進む茂兵衛と小笠原を、足軽たちが無表情に見つめている。

職業的な興味から、彼らが手にする火縄銃に目がいった。銃身は、どれも細身だ。二匁《もんめ》（約七・五グラム）ほどの鉛弾を撃ちだす小筒《こづつ》らしい。茂兵衛の百人組の鉄砲はほとんどが六匁（約二十三グラム）筒だ。昨今流行《はやり》の頑丈な南蛮胴や防弾用の竹束を撃ち抜くなら六匁筒に限るが、大きな威力の分発射時の反動も盛大で、命中精度は二匁筒に劣る。

（ものは考えようだわなァ。高価な南蛮胴なんぞ着こんどるのは、敵百人の内に一人いるかいないかだわ。そいつは放っといて残りの九十九人を倒そうとゆう策だろうな。二匁筒の方が命中させ易いからなァ）

茂兵衛には鉄砲の威力に対する拘りがあり、今後も六匁筒を主力から外す気はないが、小柄な者、鉄砲経験の浅い者専用に、二匁筒を少しだけ導入するのもいいかも知れない。

（あれ、え〜と……なんだっけか？）

ふと大事なことを失念しているのに気づいた。

「卒爾《そつじ》ながら……北条氏規様の官職は、なんでござったか？」

慌てて小笠原に小声で質《ただ》した。家康も正信も、氏規を官位で呼ぶことはない。親しみを込めて「助五郎殿」と呼んでいる。さほど親しくもない茂兵衛の場合「助五郎様」と呼びかけるのはちと馴れ馴れし過ぎる。ちゃんと官位で呼ばねば、非礼に当たろう。

「美濃守《みののかみ》を僭称《せんしょう》しておいでのようです」

「左様ですか、美濃守ね。かたじけない」

いよいよ広い水堀の手前まできた。一色口の城門は、水堀にかかった土橋の先、その距離一町（約百九メートル）ほどだ。矢倉上に並んだ鉄砲隊の銃口が、露骨にこちらを狙っている。あまり良い心持ちはしない。

鞍上の二人は腰の大刀を抜き、頭の上でゆっくりと旋回させた。これは敵陣に使者を送る場合の合図である。

「よかった。撃ってくる様子はござらんな」

小笠原が呟いた。落ち着いた声である。古強者《ふるつわもの》、頼りになりそうだ。

土橋に馬を進めた。両側の水堀は蓮池となっている。立ち葉は伸びているが、まだ花芽は出ていない。花の盛りは夏、二ヶ月後くらいからだろう。

茂兵衛が仁王《におう》の手綱を引き、馬は歩みを止めた。城門まで半町（約五十五メートル）。狙って撃てば、弾は当たる距離だ。

「徳川家家臣、植田茂兵衛と申す。主人家康の書状を美濃守様にお渡しするべくまかりこし申した。城門を開けられよ」

「しばし、お待ち下され」

と、返答があり、しばらくして軋《きし》みながら城門が開いた。

「では、参りましょうか」

そう小笠原に囁《ささや》きかけ、仁王の鐙《あぶみ》を小さく蹴った。

北条氏規は、後北条家三代当主氏康《うじやす》の四男である。長兄の氏政、次兄氏照《うじてる》とは同腹の兄弟で仲がいい。現在は相模国《さがみのくに》三崎城《みさきじょう》主で、伊豆国韮山城代を兼ねる北条氏の重鎮である。また、氏規は美男であった。歳相応に老けてはいるが、それでも秀麗で優しげな目鼻立ちをしている。彼に限らず、北条の一族は概して容貌に優れていた。

「軍使、ご苦労にござる。北条美濃守にござる」

と、厳しい眼差しで出迎えてくれた。場所は、本丸御殿内の居室だ。朝比奈《あさひな》と名乗る重臣《おとな》らしき武士が一人控えるだけで、太刀持や小姓すらいない。まさに、秘密会談の風情である。

互いの名乗りも早々に、茂兵衛は氏規宛の家康の書状を差し出した。

「亜相様からのお手紙か……これは嬉しい」

と、微笑《ほほえ》み、一度丁寧に押し戴き、その後に書状を広げた。一読後、微笑は消えて表情が硬くなった。そのままの顔を茂兵衛に向けてきた。

「植田殿とは、確か黄瀬川の宴で御一緒しましたな」

「御意ッ」

氏規は、茂兵衛のことを覚えていてくれた。それはそれで嬉しかったのだが、その表情は、やはり硬い。

(こりゃあ、難儀しそうだわ)

茂兵衛は、心中で嘆息を漏らした。

(この面《つら》つきじゃ……「家康殿のお言葉に従い、即刻降伏致そう」とはなりそうにもねェわなァ)

「ワシは北条氏の中にあって、対大坂ではむしろ和睦派にござった」

氏規が前屈みになり、小声で囁いた。

「自然、ワシは二つの陰口を叩かれるようになった。植田殿、お分かりになられるか？」

「はてさて？」

と、答えて首を捻ったが、大概の想像はついていた。どこの家中にも無謀な強硬派はいるものだ。和平や和睦を主張する者を、裏切者とか臆病者とか呼び、軽蔑するのが彼らの常だ。徳川家内にも、平八郎や榊原康政を筆頭にして、その手の輩《やから》は数多い。彼らの本多正信や石川数正に対する態度を思えば、氏規の立場はよく理解できた。家康も、本音《ほんね》では無謀な戦いなどしたくないはずだが、強硬派の反感を買うことを嫌い、和睦派を前に立たせ、その後方に隠れ、直接に波風を受けぬよう上手く立ちまわっている。

（ふん。その最大の被害者が俺だがや。平八郎様に、二度三度と殺されかかったわい）

ただ、他家の内部にその手の対立があるとの前提では発言できぬので、氏規からの問いかけには、あえて首を捻っておいた次第である。

「主人氏直から、大坂との取次方を任されて久しいが、やれ『秀吉と繋がっている』だの、『外交しかできぬ文弱侍』だの、あらぬことを色々と言われて嫌な思いをしてござる」

と、顔を顰めた。

（これって……愚痴《ぐち》か？）

横目でチラと小笠原丹波を窺うと、老将は神妙な面持ちで氏規の話に幾度も頷いている。

（あ、俺も頷いとこう。愚痴であろうがなかろうが、氏規様の機嫌を損ねたら大《おお》事《ごと》だがね）

「はあはあ、なるほどなるほど」

と、神妙な面持ちで大袈裟に頷いておいた。

「左様な陰口を叩かれているワシが、もし戦うことなく降伏したら、武門としての矜持が立たぬとは思われませぬか？　植田殿、いかが？」

「それは……」

武門の矜持が立たぬから戦う。よって降伏も開城もしない。氏規の気持ちは理解するが、茂兵衛は降伏を勧告する軍使だ。氏規の主張を安易に認めるわけにはいかない。

「一点、宜しゅうござるか？」

口籠る茂兵衛の横から、小笠原が口を挟んだ。

「小笠原殿、なにか？」

氏規が老将に向き直った。

「御免」

と、断って氏規の方へと膝を進める。

「不躾《ぶしつけ》ながら……」

氏規の傍らに控える重臣に目をやった。

「朝比奈は、若い頃よりの我が股肱《ここう》にござれば、いかなる秘事であっても御懸念は無用」

「御無礼致しました」

と、小笠原は朝比奈に会釈をした後、声を潜めて氏規に囁いた。

「今までのお話を伺った上での、これは仮定の話にござるが……」

ここで老将は、さらに声を潜めた。

「もしや美濃守様におかれて、武門の矜持が立つほどの奮戦を経られた後であれば、城を枕に討死とは仰らずに、降伏開城の目もなくはない……そう理解して宜しゅうござるか？」

（おお、爺さん、ズバリと斬り込んだねェ。身も蓋もねェ話になってきたぞ）

身も蓋もない本音の話なら、むしろ茂兵衛はその方が得意だ。

「どうお答えしてよいものやら……」

ここで氏規も返答に困る。

「美濃守様に申し上げまする」

身も蓋もない話が得意の茂兵衛が介入した。

「主人家康が、大事な軍使にそれがしのような無骨者を起用したのには、理由《わけ》がございまする」

「理由とはなにか？」

「利や道を説くならば、他にも人はおりましょう。主《あるじ》家康がそれがしに期待するところはただ一つ……ここにござる」

茂兵衛は、己が左胸を右拳で強か叩いた。具足がガチャリと鳴った。

「それがしが、主人から厳命されたことは……」

「うん」

氏規が身を乗り出した。

「主人家康としては、無理筋の詮無い戦いで朋輩《ほうばい》を、美濃守様を失いたくはないと……それのみにござる」

「うッ」

傍らの朝比奈が感極まり、籠手《こて》をはめたままの掌《てのひら》で口を押さえた。氏規の目にも薄《うっす》らと涙が浮かんでいる。

「かたじけないことよのう……朋輩とは、ありがたきものよのォ」

「朋輩」との言葉を、氏規も使った。

卑賤な者同士ならば兎《と》も角《かく》、戦国大名に朋輩などいない。家臣と親族、それ以外のすべてが「潜在的には敵」なのだから。もし家康に「友がいるか？」と質せば、彼は迷うことなく「北条の助五郎殿が一人きりじゃ」と答えるのではあるまいか。幼い日々、ともに人質として親元を離れ、不安な日々を送る二人の少年は、利害を超えた共感を育《はぐく》んだ。その後の人生が、策謀と欺瞞に彩られていればいるほど、少年の日の輝きを大切に思う――そんな心の仕組みを、茂兵衛のような無骨漢でも感じざるを得ない。

「植田殿、小笠原殿……家康公にお伝え下され。御厚情、決して忘れぬと。そして御配慮を無下にはせぬと」

「無下にはせぬと仰せですな？　主人に伝えてようござるな？」

「武士に二言はござらん」

「ははッ」

具足が許す限りまで平伏し、氏規の前を辞した。

韮山城の一色口から出た茂兵衛は、小笠原と轡を並べて土橋を渡った。

「まずは上首尾と言えましょうな？」

仁王を進めながら茂兵衛は、小笠原に質した。

「左様、当方の配慮を『無下にはせぬ』とはっきり言われた。戦うだけ戦った後は投降される御意思だと拙者は感じ申した」

「うん。それでえぇ。それがし、これからすぐに小田原の殿のもとへ……」

ドンドンドン。ドンドンドンドン。

「ん？」

左手側――十八丁畷口の方から銃声、それも鉄砲隊の斉射音が響いてきた。

二町（約二百十八メートル）西方からだ。福島正則隊が武者押しの声を上げ、銅鑼《どら》を鳴らし、城門へと押し寄せている。

「軍使、伏せられよ。弾がきまするぞ！」

蒲生氏郷隊の鉄砲陣地からの警告の声だ。そうは言っても、ここは水堀を渡る土橋の上で身の隠し場所はない。馬ごと水堀に飛び込む手もなくはないが、こういう城の堀の底には、先端を鋭利に削った乱杭が埋められているものだ。馬の腹が無事では済むまい。

「糞がッ。福島正則め。昨日の意趣返しのつもりか！　我らは軍使じゃ。せめて今少し待てんのか！」

小笠原が舌打ちして吼えた。

「小笠原殿、走ろう！」

と、仁王の鞍《くら》に身を伏せ、鞭を入れた。

「放てッ」

ドンドンドン。ドンドンドン。

「放てッ」

ダンダンダン。ダンダンダン。

城門の矢倉と蒲生の鉄砲陣地との間で、激しい鉄砲の撃ち合いが始まった。

「ぎゃッ」

鞍上から振り向けば、後に続いていた小笠原がドウと馬から転がり落ちた。

「小笠原殿ッ！」

仁王の手綱を引き、そのまま鞍から飛び下りた。すぐ傍を小笠原を振り落とした空馬が駆け抜けていく。

「それ、先に帰っとれ」

と、仁王の尻を強く叩くと、馬は自陣へ向けて駆け出した。茂兵衛は身を低くして十間（約十八メートル）ほど駆け戻り、土橋の上に倒れている小笠原を抱き起こした。

「お気を確かに」

「なんの浅手。歩け申す」

見たところ、銃弾が命中した痕はない。掠《かす》っただけかも知れない。安堵して背中に腕を回し、起き上がらせようとした刹那、その腕がヌメリと滑った。

「うッ」

具足の背中が血だらけだ。背後から撃ち抜かれたようだ。

「多少痛みまするが、御辛抱あれ」

と、小笠原の体を肩に担ぎあげ、土橋の上を走り始めた。

チュイ――ン。チュイ――ン。

敵味方の銃弾が、茂兵衛の具足をかすめて飛び交う。

生きた心地もしないはずだが、不思議とこういう場合、あまり恐怖は感じないものである。捨て鉢と言おうか、やけっぱちと言うべきか、もうどうにでもなれとの心境だ。ただ猛烈に喉が渇き、息が切れた。

ようやく土橋を渡りきり、蒲生の鉄砲陣地に転がり込んだ。

「背中を撃たれておられる。疾《と》く金瘡医《きんそうい》を呼んでくれ」

と、息も絶え絶えに、小頭《こがしら》らしき若い徒士《かち》武者に頼んだ。

「軍使。残念ですが、こちらの方はすでに……身罷《みまか》られておられまする」

「え？」

見れば、仰向けに横たわる小笠原の顔には、すでに血の色が無かった。目と口を開いたまま、完全に逝《い》っている。

（ああ、なんてこったい）

生まれも育ちも信濃国だそうな。初めて会ったのが二刻半（約五時間）ほど前のことだった。以降、同役として濃密な時を過ごし、それなりに結果を出し、そして今、死別した。

（小笠原殿のこと、なに一つ知らんかったなァ。ナンマンダブ。ナンマンダブ）

心中で称名しながら、籠手《こて》をはめたままの手で死人《しびと》の瞼《まぶた》を閉じさせた。

三

茂兵衛はその日のうちに、氏規との会談の顚末と小笠原丹波の討死を書面に認め、小田原城を囲む家康の本陣へと送った。使者には辰蔵を選んだ。彼は山中城攻めで武功を挙げている。もし家康が辰蔵の顔か名前を覚えてくれれば、戦後の論功行賞の際、有利に働くかも知れないと考えたからだ。青木《あおき》という若い寄騎と槍足軽を一組、連れて行かせることにした。

「大袈裟だわ。従僕一人でええがね」

と、辰蔵は遠慮したが、彼が懐に仕舞った書状には「氏規が、いずれは降伏開城する」との文言がある。万が一、山道で山中城の敗残兵などに襲われ、書状を奪われたらえらいことだ。氏規の立場が危うくなる。

「だから、槍足軽一組はどうしても連れて行け。ええな」

「仕方ないのう」

辰蔵は不承不承だが一応は頷き、一隊を率いて小田原に向けて出発した。

家康からの返事が来るまでは、茂兵衛が鉄砲百人組の三百人に加えて、小笠原丹波が残した二百人の長柄隊をも臨時に率いることになった。長柄隊にも寄騎はいるのだが、一応徳川の百人組頭がいるのだから、茂兵衛が指揮を執る方が据わりがいいだろう。ただ、合計五百名の指揮は、今まで経験のない多人数である。

ちなみに、長柄隊とは、長さ二間半（約四・五メートル）から三間半（約六・三メートル）もの長柄槍を得物とする足軽部隊である。農村から駆り出されたばかりの非熟練者に長いだけが取柄の数物槍《かずものやり》を持たせ、穂先を揃えて前進させることで、あたかも巨大な剣山が押し寄せるような戦い方をする。槍ではあるが、肝心の穂先は小さく、「刺す」というより「上から叩く」ことで敵を撃退した。鉄砲隊と同様に、戦国中期以降は各大名家の主力部隊となっている。

（ただ城攻めには、あまり役立たんわなァ）

長柄隊が最も活躍する戦場は、平地における野戦《のいくさ》であろう。城攻め、籠城戦、奇襲戦、海戦にはほとんど役に立たない。どんな戦場でも活躍する鉄砲とは一線を画する。

家康からの指令よりも先に、秀吉からの命令書が届いた。

韮山城攻撃軍四万五千人のうち、織田信雄隊の一万七千と蒲生氏郷隊の四千は韮山城の包囲から外れ「小田原城の包囲に参加せよ」がまず一点。

次に、韮山に残った二万四千は、城兵との決戦は避け、周囲に付城《つけじろ》を構築して韮山城を「封じ込めるに留めよ」との指令である。

「つまり、どうゆうことだ？」

茂兵衛が質し、盃《さかずき》を空けた。

「堅城である韮山を力攻めにし、いたずらに被害を大きくするのは愚の骨頂との趣旨にございましょう、たぶんね」

左馬之助が答えて、やはり盃を干した。天幕の内で、左馬之助と二人で酒を飲んでいる。

「秀吉公は、韮山城よりも小田原城を先に落とすつもりなのかなァ」

本城を落とせば、支城である韮山城は、自然に立ち枯れるだろう。

「実際に小田原城を囲んでみて、案外ちょろいとお感じになったのでは？」

興味なさげに左馬之助が答えた。

「ただ、福島様や蜂須賀様あたりが黙っておらんだろうよ。端から力攻めで落とす気満々だったからなァ」

「左様にございますなァ。黙っておらんでしょうなァ」

筆頭寄騎の気の抜けたような返事に苛ついた茂兵衛は盃を置き、左馬之助の顔を覗き込んだ。

「左馬之助、おまんどうした？」

「どうって？」

「韮山城攻め、気が進まんのか？」

「気が進む云々ではなく……」

左馬之助が盃を置き、ギョロリと茂兵衛を睨んだ。

「韮山城攻めも糞も、あの城、落としたらいかんのでしょうが？」

「ほうだがや。北条氏規様は家康公の幼馴染で朋輩だわ。死なせたら殿が悲しむがや」

「落とす気のない城攻めですか？　そんなものは城攻めとはゆわんでしょう」

「たァけ。言い方なんぞどおでもええわい。上方勢の手前、城攻めの体《てい》だけとって、本気では攻めるなゆう意味だがね」

「我々が攻めんでも、福島勢や蜂須賀勢は攻めますよ。奴らが城を落とし、氏規様を殺したら？」

「それは……困る」

「やりかねませんよ」

「そこまではせんだろ。付城を築いて封じ込めろと、力攻めは慎めとのお達しが秀吉公からも来とるがや」

韮山城は東海道《とうかいどう》から大きく外れているし、城兵はわずかだから「打って出られて、遊撃隊と化されると困る」という心配も少ない。始祖の北条早雲が建てた城で、いわば聖地だから、北条側は護るつもりかも知れないが、戦略的にはさほどの価値が認められない城なのだ。だからこそ秀吉は、兵力を半分に減らしたのだろうし、「攻めるな。付城を築いて封じ込めておけばよい」との命令を下したのだと思われた。

「か奴らがゆうことをきくと思いまするか？」

今も西の方からは、盛んに銃声や鬨《とき》の声が流れてくる。福島正則隊、細川忠興隊、蜂須賀家政隊、前野長康隊などが、韮山本城の背後を固める天ヶ岳の砦群を火のように攻め立てているのだ。

実に不可思議で奇妙な戦場であった。

茂兵衛隊はもちろん、信雄に近い織田信包隊や稲葉貞通《いなばさだみち》隊は、秀吉の命令に従い、積極的に攻めようとはせず、韮山城を「封じ込めるだけ」に留めている。反対に、秀吉に近い福島正則以下の方が、盛んに砦や城門を攻めているのだ。

「おまん、これをどう読み解くね？」

茂兵衛が左馬之助に問うた。だいぶ酒が回り、さほどに酒豪ではない茂兵衛の呂律《ろれつ》は少々怪しくなっている。

「まず我ら徳川にとって……」

左馬之助が喋り始めた。

「秀吉の封じ込め策は渡りに船ですわな。囲むだけで攻めんでええのだから」

「まあな。ほうだわな」

「次に織田と稲葉は、たァけの信雄の子分ですわ。ハハハ」

左馬之助もかなり酔っている。

「信雄がいなくなってから急に大活躍すると、親方の面子《メンツ》を潰すことにもなりかねませんわな。だから攻めない。攻められない」

「なるほど」

「それに対して、福島正則は緒戦で恥をかかされておるから、これはもう意地でも攻めますわな」

「うん。退けんところだわな」

「蜂須賀と前野は……野伏《のぶせり》あがりだから、そらもうガツガツ攻めますわな」

「野伏あがりは、ガツガツ攻めるのか？」

「そらそうでしょう。野伏あがりはガツガツきますよ」

蜂須賀家政の父親と前野長康はともに出自が野伏で、互いに仲がよかった。

まさに同床異夢《どうしょういむ》。これぞ呉越同舟《ごえつどうしゅう》。誰もが異なる思惑で動いている。そもそも攻城側には総大将がいない。無能でも阿呆でもいいから、織田信雄がいたときの方がまだ統制が取れていた。

「おまんら、なにをやっとるんか」

との声に振り向けば、呆れ顔の辰蔵が立っていた。

「おう、辰、戻ったんか……ま、飲め」

「たァけ。殿様からの書状を読むのが先だら」

と、懐から封書を取り出し、茂兵衛の酔眼の前に突き出した。

顔を洗って酔いを醒まし——洗顔ぐらいで酔いは醒めぬが、多少は正気に戻るだろう。

「どれ、拝見致す」

書状を受け取り、氏規の真似をして一度押し戴いた上で、開いて読んだ。達筆である。祐筆の手ではあろうが。

内容は以下の通り。

小笠原が残した長柄隊は、しばらく茂兵衛の指揮下に置くこと。茂兵衛は、韮山派遣徳川勢の長として発言し、行動して差し支え無きこと。江川英長を通じて城内の空気をよく摑んでおくべきこと。決して北条氏規を死なせてはならぬこと、などが認められていた。

「おい、辰」

「ん？」

「おまんのことも書いてあるぞ」

「と、殿様の書状にか？　俺のことがか？」

盃を口に運ぶ手を止めた辰蔵が、目を剝《む》き身を乗り出した。

家康の手紙には「木戸辰蔵のような優秀な義弟を今まで隠しておったとは、茂兵衛許し難《がた》し」と冗談めかせて書いてあった。主人は茂兵衛に配慮してくれたのだろう。家康に名前と顔を覚えて貰った上に、今回は山中城攻めで、正真正銘、兜首の武功まで挙げている。辰蔵にも、ようやく運が巡ってきたようだ。

照れて頬を染め、盃を干す辰蔵の隣で、左馬之助も微笑んでいる。

ただ多少、目の下の辺りが引き攣《つ》っているようにも茂兵衛には感じられた。左馬之助と辰蔵の関係性は良好だ。筆頭寄騎と次席寄騎として長く助け合ってきた。戦場から帰っても、互いの家を行き来する仲だ。女房同士もまるで姉妹のように仲がいい。

（左馬之助だって、苦労をともにした朋輩の出世は嬉しいのさ。でも、自分一人が取り残されるようで、寂しいんだろうなァ）

「おい左馬之助」

「はい？」

「次は……おまんの番だぞ」

「え？　は、はい」

と、はにかむ笑顔で頷いた。辰蔵が、朋輩の肩をポンと叩いた。

韮山城とは、水堀に囲まれて立つ韮山本城と、その背後に聳える天ヶ岳の尾根筋に設《しつら》えられた多くの砦群からなる複合的な城郭だ。水堀は鉄砲の有効射程を意識して、幅が一町（約百九メートル）近くもある。出入り用に土橋が架けられており、端から順に小田原口、一色口、十八丁畷口と呼ばれていた。茂兵衛が率いる鉄砲百挺、総計五百名の徳川勢は、小田原口と一色口を担当していた。茂兵衛は家康から「氏規殿を死なすな」との命を受けている。できれば戦いたくないが、城兵が押し出してきた場合も想定しておかねばなるまい。小田原口と一色口の土橋の袂《たもと》に、道を塞ぐ形で鉄砲陣地を築かせた。地面を浅く掘り、土嚢を積み、足らぬところは竹束で防御する。小田原口と一色口に鉄砲足軽の組をそれぞれ五組ずつ配備した。

もし敵が城門を開けて押し出してきたとしても、一町（約百九メートル）もの真っ直《す》ぐな狭い土橋を走らねばならない。こちら側の鉄砲陣地から五十挺の鉄砲が交代しつつ撃ち掛ければ、とてもではないが、土橋を渡り切ることは不可能だろう。こと茂兵衛の持ち場に関する限り、韮山城兵は袋の鼠であった。

四

下田街道に沿って布陣する豊臣恩顧の大名たちは、押し並《な》べて好戦的であった。中でも開戦初日に大恥をかかされた福島正則は、最強硬派である。

その福島隊の本陣で韮山城攻めの軍議を開くそうで、茂兵衛にも参加を打診してきた。気は進まないが、友軍の軍議に欠席するわけにもいかない。しぶしぶ使者に参加する旨を回答した。

茂兵衛が留守の間、小田原口の鉄砲陣地の指揮は左馬之助に、一色口の指揮は辰蔵に委《ゆだ》ねることにした。

「一点だけ、確認しておきたい」

辰蔵が囁いた。

「なんら？」

「仮に城兵たちが、一色口の城門を開いて打って出てきたとするわな。北条氏規様が、その先頭に立って突っ込んでこられたら俺はどうすればええ？　撃ってえぇのかい？」

「そんなこたァ、あるはずがねェ」

「万が一だよ」

「万が一にもねェわ。俺が軍使として城内に入ったときのことを話したろ？　氏規様は戦うだけ戦って武人としての面目さえ立てば、その後は降伏開城すると、誓うてくれたがね」

と、答えながら考えた。

（ま、本当はそこまでは断言されてねェわなァ。万が一、なくもねェか？）

鉄砲五十挺の斉射が待ち受ける細い土橋を、もし氏規が先頭を切って走ってくるとしたら、これはもう完全に死を決意している。自害する気なのだ。しかし、茂兵衛は家康から「氏規を死なすな」と厳命されている。これは、なかなかにもどかしい。

「まごまごしとると敵は土橋を渡り切ってしまうぞ。敵味方入り乱れての乱戦になれば鉄砲隊は無力だわ」

辰蔵の指摘は的を射ている。乱戦の中で鉄砲隊が発砲すれば、同士討ちが続出するだろう。

「かき回されて好き放題にやられるぞ。こちらは長柄隊を含めても五百人しかいねェ。壊滅させられるかも知れねェ。茂兵衛、それでええのか？」

（う〜ん、参ったな）

茂兵衛はしばらく考えてから、義弟の具足を摑んでグイと引き寄せた。

「その場合は、こうしろ」

と、耳元に小声で囁いた。

「城兵が土橋を渡り切る前に、構わず撃て。ただし、氏規様だとは知らずに撃った……そうゆうことにせェ」

「ややあ我こそは、と名乗りでも上げられたら？」

「聞こえなかったことにしろや」

「大丈夫かいな？」

「心配要らねェ。後は俺がなんとでもするわい」

と、多少の自信があったので請け合った。

家康という大将は、己が感情で家臣を罰したりはしない。名分さえ立てば、己が妻や嫡男を殺した家臣をも許すほどだ。決死の城兵が門を開いて突っ込んできた場合、鉄砲隊が斉射で応じるのは当然の事だ。結果的に、幼馴染を死なせたからと、家康は非合理な判断は下さない。三河《みかわ》衆はそれをよく知っているから、安心感を持って家康の下知に唯々諾々《いいだくだく》と従うのだ。

「心得た。おまんのゆう通りにする。左馬之助様にも伝えておくよ」

「頼んだぜ。辰よ、もうすぐおまんは出世するんだ。ここでドジを踏むなよ」

「もちろんだわ。へへへ、やってやるさ」

義理の兄弟は、苦く笑い合った。

「おうおう。植田殿、よう見えられた」

福島正則は上機嫌で迎えてくれた。この男、身の丈は普通だが、人の倍も肩幅がある。赤ら顔を寄せてくると、酷く酒が臭った。

（やだなァ。苦手だわなァ）

その酒の香は新しい。どうも朝から飲んでいたようだ。

官位は従五位下《じゅごいげ》の左衛門大夫《さえもんのたいふ》である。伊予国《いよのくに》は今治《いまばり》で十一万石余を領する歴《れっき》とした大名だ。ちなみに左衛門大夫は、本来六位相当の左衛門尉《さえもんのじょう》が、従五位下に任じられ諸大夫成《しょたいふなり》した場合の特別な呼称だ。呼称だけであり、官位相当表には「左衛門大夫」との記載はない。

正則は永禄《えいろく》四年（一五六一）生まれの三十歳——今回の戦場、なぜか井伊直政、江川英長と永禄四年生まれがやたらと多い。ちなみに茂兵衛は今年四十四だ。いつの間にやら、周囲は年下ばかりになっている。

（あら、ちと早く来すぎたかな？）

見回す限り、他の武将はまだ誰も到着していない。評定は「巳《み》の上刻（午前九時頃）から」と聞いたが、茂兵衛の勘違いであったらしい。

正則は茂兵衛一人を、肩を抱くようにして天幕の奥へと誘《いざな》った。

「や、勘違いではない。ワシは貴公に、折り入って頼みごとがあってのう。徳川の豪傑とさしで話がしたかっただけよ、ガハハハ」

(つまり評定の予定はねェってことかい。騙して呼び出したってことだわな。ああ、やっぱこいつ嫌いだわ。この手の灰汁《あく》の強さ、品の無さは、どうにも扱いが厄介だがね)

本多平八郎や榊原康政も態度や話し方は相当に下品だし、灰汁も強いのだが、彼らには意外と野心がない。欲が薄い。あったとしても、名馬が欲しいとか、戦場で痛快な勝負がしてみたいとか、その程度の淡白な「子供じみた欲望」に過ぎないのだ。腹の底がさほどに臭くない。その点、正則には、ガツガツとしたどす黒い欲望が色濃く感じられた。

「茂兵衛殿は、鉄砲百人組を率いておられるとか?」

「はい。率いております」

「鉄砲が百挺?」

「左様にございます」

「随分と多いな。百挺ともなると、さぞや持て余しておられるのでしょうなァ」

「……え？」

鉄砲隊の指揮官が、鉄砲の数が多過ぎて処置に困っているなど聞いたことがない。百歩譲ってもしそう感じていても、それを口に出す馬鹿はいない。無茶な話題を堂々と振ってくるところが、この男、やはり腹が黒い、口が臭い。

「もし余っておいでなら、当方で引き受けてもようござるが」

「いえいえ、余ってなどおりません」

「ご遠慮には及ばんが？」

「決して遠慮などしておりません」

「あ、そう」

いったんは、少し困ったような顔をして頷いたが「それでな……」と、委細構わず話を続けた。

（この野郎は、この厚かましさと肩幅で、十一万石まで上り詰めたのだろうよ。いずれにせよだ……俺ァ、おまんが嫌いだわ）

正則によれば、天ヶ岳から谷を隔てた東の尾根筋に、四基の陣城《じんしろ》を築きたいそうだ。陣城――攻城用の臨時の陣地または砦である。付城とも呼ばれる。

茂兵衛たちが守る小田原口に近い方から、本立寺《ほんりゅうじ》陣城、追越山《おっこしやま》陣城、上山田《かみやまだ》陣城、昌渓院《しょうけいいん》陣城の四基を、北から南へと縦に並べたいらしい。韮山城と支城群を北は徳川隊、西と南は諸侯の本陣、東は四基の陣城で取り囲み、封じ込める策とみた。

「普請の途中で襲われるのが何より怖い。でござろう？」

「御意ッ」

「そこで貴公の鉄砲隊の出番じゃ。百挺を四隊に分け、二十五挺ずつ陣城の普請現場に配置して頂きたい。お願いとはその儀でござる」

「なるほど」

冷静に、落ち着いた声で返した。口元には微笑も忘れない。茂兵衛もいい大人だ。どうせこの肩幅野郎は、無理を承知で難癖をつけているのだろう。ここで癇癪を起こしたら負けだと分別した。

「左衛門大夫様、百挺全部をお回しするとして、それがしの持ち場は、どうやって守るのでございましょうか？」

「あ、なるほど……それは気づかなんだ。これは抜かった。ハハハ」

（この野郎……しまいにゃ、ぶち殺すぞ）

「で、鉄砲隊をお貸し頂けるのか、それとも頂けないのか？」

ギョロリと下から睨み上げてきた。その白目は黄色く濁っている。

（どれだけ面の皮が厚いんだら？）

「あの……残念ながら今回ばかりはお断りせざるをえません」

「味方同士なのに、協力はできぬと仰せか？」

さらに強く睨まれた。口元がわずかに濡れている。獲物を前に舌なめずりする山犬のようだ。薄気味が悪い。

「この経緯、関白《かんぱく》殿下にお伝えしてもようござるかな？」

（あ、なるほどね）

茂兵衛は、正則の狙いを瞬時に看破した。

（俺にじゃねェわ。こいつは、徳川に難癖をつけとるんだ）

徳川の中にも対大坂強硬派は大勢いる。平八郎などはいつも「秀吉と雌雄を決すべし」なぞと吼えている。当然、大坂方にも対徳川強硬派はいるはずだ。この福島正則などはその急先鋒なのかも知れない。

小さな徳川の失態をあげつらい、それらを積み重ねて大きな落度となし、その先には徳川討伐を目指しているはずだ。北条氏の次は徳川氏を狙う。現在の徳川家の所領は五ヶ国に渡り、その采地は百四十四万石にもなる。徳川を潰して土地を山分けすれば、豊臣恩顧の大名たちは誰も相当な加増となるだろう。正則の領地は、十一万石余から二十万石に膨れ上がるはずだ。

(そうはいくかい。こんな肩幅野郎に、尻尾《しっぽ》を巻くのはまっぴらだァ。ここは、ちゃんと筋目を通しておこうじゃねェか)

「左衛門大夫様に申し上げまする」

「伺おう」

「それがしが主家康から、小田原口と一色口の封鎖を命じられておりますのは、とりもなおさず関白殿下への御奉公の一環に他なりません」

「ふん」

正則、茂兵衛の言わんとすることを察したのか、鼻白んだように顔を背けてしまった。茂兵衛はかまわず続けた。

「もし鉄砲をすべてお貸しすれば、小田原口と一色口の守りは手薄となり、ひいては関白殿下への御奉公が疎かになりかねませぬ」

「あ、そう」

正則が憎々しげに吐き棄てた。

「三河の百姓あがりで、頭空っぽの猪武者だと聞いたが……ワレ、なかなか口が上手いのぅ」

「畏れ入りまする」

頭空っぽの猪武者は、怒りを抑え表情を消して頭を下げた。

茂兵衛のことを「三河の百姓あがり」と笑った正則だが、彼自身も尾張の桶屋が出自である。秀吉の母と正則の母が姉妹であった関係で秀吉に仕えた。つまり彼は秀吉の従弟である。

「ただ、一切融通せぬと頑なに申せば角も立ち、左衛門大夫様もお困りでしょうから、いかがでござろう……」

結局、茂兵衛の方から折れて、四基の陣城の普請場にそれぞれ十挺ずつ、都合四十挺分の鉄砲隊を貸し出すことにした。ある程度の妥協は必要と分別した次第である。これで小田原口と一色口の鉄砲配備は各三十挺ずつに減るが、ギリギリでなんとかなりそうだ。氏規の気が変わり、城門を開いて押し出してこないことを祈るばかりである。

五

相も変わらず、奇妙な戦場であった。韮山城の東側では、四基の陣城の普請が並行して始まっている。

カンカンカン。コンコンコン。

早朝から立木を切り倒す音、手斧《ちような》で削る音、木槌《きづち》で叩く音などが長閑《のどか》に響いてくる。

天正十八年（一五九〇）四月二十日は、新暦に直せば五月二十三日になる。梅雨《つゆ》も暑さもまだ少し先だ。蟬《せみ》も鳴かないから、城の北側にある茂兵衛たち徳川の持ち場は、静寂そのものである。時折、足軽たちが下卑た笑い声をあげ、それを咎める小頭の怒声が響く程度だ。

ところが西側と南側では、普通に戦をやっているから不可思議だ。福島正則に尻を叩かれた豊臣恩顧の大名小名たちが、北条の砦への攻撃を繰り返していたのである。

パンパンパン。パンパン。

「えい、とうとうとう。えい、とうとうとう」

遠方から銃撃の音と武者押しの声が伝わってくる。

（ふん。肩幅野郎め）

朝から小田原口の鉄砲陣地に詰めている茂兵衛は苦虫を嚙み潰した。

（福島正則が普請現場の守備を俺に丸投げしようとしてきたのは、自前の鉄砲隊を使いたくなかったからだわ。野郎、城攻めに使う鉄砲を減らしたくなかったんだろうさ）

茂兵衛は、正則の傲岸《ごうがん》不遜《ふそん》な顔つきを思い出して気分が悪くなり、唾を足元にペッと吐いた。

「どうされました？　御機嫌斜めですかな？」

振り向けば、円満な笑顔で立っているのは江川英長だ。

「や、とんでもござらん。なに、ちと痰が喉に絡んだだけにござる」

小さく咳ばらいをしながら、江川に向き直った。まさか、韮山城攻めの事実上の大将である福島正則のことが「嫌いで嫌いで、たまらんのですわ」とも言えない。

江川の要件は「矢文」であった。対岸の江川砦で籠城中の父江川英吉から征矢《そや》に結んだ手紙が射込まれたというのだ。

「ほう、矢文を」

「こちらにござる」

江川英長は一枚の書状を差し出した。紙に折り目がたくさんついている。細く畳んで矢に結び付けたものだろう。

宛名は江川英長で、署名は江川英吉となっている。

「読ませて頂いても宜しいか？」

「どうぞどうぞ」

内容は以下の如し。

「江川英長殿
韮山本城の北条美濃守様とは密に連絡を取り合っている。徳川の使者を名乗る植田茂兵衛とやらがやってきて、愚かにも降伏開城を求めてきた。元より美濃守様は徹底抗戦を決意しておられる。城を枕の討死はむしろ本懐。士魂を忘れた徳川衆に北条武士の死に様を見せてくれんと意気軒昂なり。我ら砦番たちも美濃守様に一味同心。今後とも心を一つにして最後まで戦う心つもりである。

天正十八年四月

江川英吉㊞」


「これは……興味深いな」

茂兵衛は書状から顔を上げ、江川を睨んだ。書状の署名に「花押《かおう》」ではなく「印判」が押されている。印判の使用は北条氏が魁《さきがけ》である。

「御意ッ」

江川が頷いた。表情は柔らかく、落ち着いている。実に賢そうな男だ。

「小田原城内の北条氏政公が聞けば、感涙に咽《むせ》ぶような烈士の決意表明にも読めまするな」

と、茂兵衛が江川に囁いた。

「御意ッ」

「ただ、それは表面上のことで、お父君の真意は別にあるとも読めるな」

「そちらも、御意にござる」

矢文は誰の手に落ちるか分からない。江川英吉の真意がどこにあるにせよ、万に一つ、北条側に読まれた場合でも、江川氏の徳川への内応を疑われるようなことがあってはならない。十分に言葉を選んでいるはずだ。また当然、宛先である江川英長に真意が伝わらねば意味をなさない。本来なら父子にだけ分かる暗号文でも使いたいところだろう。事実、北条の各城には、乱破《らっぱ》、素破《すっぱ》の輩が必ず紛れ込んでおり、彼らの一統を「風魔《ふうま》」と呼んでいる。彼らの主たる役目は「裏切者の詮索、処罰」である。

「だからこそ、色々と気を遣われるとゆうことなのでしょうな」

「御意ッ」

（で、江川英吉の真意は何処《いずこ》にありや？）

茂兵衛なりに考えてみた。

自分は実際に氏規と面談している。

韮山本城の一室で、茂兵衛が「朋輩を死なせたくない」との家康の言葉を伝えると、氏規は涙を浮かべて、「家康殿の厚情を決して無下にはしない」と返答してくれた。

無下にはしない——つまり「死ぬつもりはない」という意味ではないのか。

（あの場の空気からすれば、他の解釈は成り立たねェわな）

「現在は武門の矜持を賭け、勇戦しておられる美濃守様にござるが」

茂兵衛は声を潜めて、江川に囁いた。

「最終局面に至れば、必ずや交渉に応じ、降伏開城して下さるものと、それがしは楽観しており申す」

「御説、同意にござる」

江川英長が頷いた。

書状に、取って付けたように「軍使　植田茂兵衛」の名があること、氏規と江川英吉は「密に連絡を取り合っている」との文言があること、籠城中の武士が決死の覚悟であるのは当然のことで、それをわざわざ矢文にしてまで倅《せがれ》に伝える必要性が薄いこと、などを総合すれば――

「我が父も、或いは他の砦番衆も、美濃守様と同心しているものとみて、まずは相違ございませんでしょう」

「真実そう思われるか？」

「御意ッ」

「左様か……それを伺い、安堵致しました」

ここで茂兵衛がようやく相好《そうごう》を崩した。正直ホッとしていた。

韮山城は、氏規が守る韮山本城と江川砦を含めた背後の支城群から構成されている。もし氏規が降伏開城を決めても、支城の砦番たちが強硬派揃いだと、なかなか面倒なことになりそうで、不安だったのだ。江川英吉からの矢文にある「呰番たちも美濃守様に一味同心」との言葉は、なんとも心強い。

「江川殿に、一点だけ伺いたき儀がござる」

「なんなりと」

「美濃守様は、己が武門の矜持が立てば降伏開城すると仰せでござった。どこまで戦えば、武門の矜持が立ったことになりましょうか？」

茂兵衛が氏規と会ったのは、ほんの二度である。その点、元北条家家臣の江川英長なら氏規の人となりについて詳しかろうと意見を求めたのだ。

江川はしばらく考えてから答えた。

「左様にござるな……小田原本城は元より、下田城、鉢形城《はちがたじょう》、八王子城《はちおうじじょう》、玉縄城《たまなわじょう》などの北条方の主要な支城が落ちるか、降伏すれば、それより長く籠城戦を続けた美濃守様の矜持は立ちましょう」

「なるほどね」

下田城主は清水康英《しみずやすひで》、三代北条氏康の傅役《もりやく》を務めたほどの重臣である。鉢形城主は氏規の弟で、最強硬派として名胡桃城《なぐるみじょう》事件にも関わった北条氏邦《うじくに》、八王子城主は氏規の次兄で文武に優れた北条氏照、玉縄城主は猛将の北条氏勝と、北条一門衆が統《す》べる城だ。それらの城より長く持ちこたえられれば「氏規の武人としての矜持は保たれるはず」と江川は明言した。

（ま、氏規様の気分も分からんではねェな。そんなもんだろうよ）

茂兵衛は納得し、心中で幾度も頷いていた。

（このこと小田原の殿様に報せとくか。重要な支城が幾つか落ちたのを見計らって、もう一度氏規様に会ってみよう。案外すぐに開城となるやも知れねェ）

家康に報せておけば、重要な支城が落ちた時点ですぐに、茂兵衛に通知が来るだろう。

（小田原への使い、今度は左馬之助に頼むか。殿様に顔と名前を覚えてもらう、ええ機会や。同僚の辰蔵ばかりが美味《うま》い汁をすすると、幾ら気のええ左馬之助でも臍《へそ》を曲げかねんからのう）

いつも感じることだが、男の嫉妬は、女のそれ以上に恐ろしい。

第三章　七郎右衛門《しちろうえもん》からの書状

一

この日、横山左馬之助が小田原《おだわら》への使いから戻った。

「お頭《かしら》、良き報せがございますぞ」

左馬之助が、仏頂面で報告した。

「ハハハ、なんだい左馬之助、『良き報せ』って面《つら》じゃねェな？」

茂兵衛が、筆頭寄騎の仏頂面をからかった。

「一昨日《おとつい》、四月二十一日、鎌倉《かまくら》の玉縄城《たまなわじょう》が無血開城の由にござる」

「ほう、無血開城ね」

「左様、北条衆、思った以上に骨がない」

玉縄城主の北条氏勝は、最初山中城《やまなかじよう》に籠《こも》っていたが、落城の直前に城を脱出し、小田原を迂回して、直接鎌倉に逃げ戻っていたのだ。玉縄城でもさほどの抵抗を見せることなく降伏したらしい。元々戦意が乏しかったのだろう。

このように北条侍の敢闘精神が弱く、戦わずに降伏し続けるようであれば、左馬之助や辰蔵が手柄を挙げる機会はほとんどなくなる。そのことを思い、左馬之助は不機嫌になっていたようだ。

（北条侍だって二十万余の大軍相手に無駄死にしたかねェだろうしなァ。困ったもんだよなァ）

「ちなみに、玉縄城を囲んだ将は、本多平八郎様だった由にござる」

「ハハハ、北条氏勝殿、鍾馗《しようき》の旗指《はたさし》を見て、相手が悪いと早々に負けを認めたんだろうよ」

「で、ござろうな」

小田原城の支城群が脆《もろ》いのには、戦意云々の前に、もう一つ理由があった。小田原城に人員を集め過ぎたのだ。主城の守りを固めるのは当然だが、結果として支城が城兵不足に陥ってしまった。また、八王子城《はちおうじじよう》の北条氏照、忍城《おしじよう》の成田氏《なりたうじ》長《なが》などは城主が小田原城に籠ってしまい、仕方なく家臣が指揮を執っている。

そこへ、小六が入ってきた。

「お頭、長宗我部《ちょうそかべ》土佐守《とさのかみ》様の御使者が見えておられます」

「ちょ～そかべ？」

一瞬、混乱したが、やがて思い出した。

「ああ、長宗我部ね……」

長宗我部元親《もとちか》は、土佐守を名乗る四国《しこく》の大大名だ。現在は上方勢の一方の大将として水軍を率い、韮山城《にらやまじょう》からちょうど十里（約四十キロ）南に位置する下田《しもだ》城《じょう》攻撃の総指揮を執っていると聞いた。その長宗我部が、茂兵衛にいかなる用件であろうか。兎《と》も角《かく》、会ってみよう。

「なんと、下田城が降伏開城となな？　いつのことでござるか？」

思わず茂兵衛は、床几《しょうぎ》から腰を浮かし、使者の侍に向かって身を乗り出した。

「本日未明にござる。我が主《あるじ》、土佐侍従《とさのじじゅう》（長宗我部元親）をはじめ、宇喜多宰《うきたさい》相《しょう》（秀家《ひでいえ》）様、九鬼大隅守《おおすみのかみ》（嘉隆）様などが城攻めに馳せ参じられましてございまする」

赤黒く日焼けした若い使者が快活に答えた。こうして他家への使いに出すぐらいだから、身分ある侍であろうに、彼の甲冑《かっちゅう》は当世具足《とうせいぐそく》ですらない。

（ほう、これは胴丸《どうまる》か？　や、背中で引き合わせて臆病板《おくびょういた》で隠しとる……これ、腹巻《はらまき》だわな）

使者は腹巻に大きな袖を付け、兜《かぶと》は赤錆《あかさび》の浮いた星兜《ほし》を被《かぶ》っていた。源平とまでは言わぬが、南北朝の武者を思わせる古色蒼然《こしょくそうぜん》とした武装だ。

（これが噂に聞く、土佐の一領具足《いちりょう》かよ）

一領具足――長宗我部家が組織した半農半兵の地侍集団である。武装こそみすぼらしいが戦場《いくさば》では剽悍《ひょうかん》、命知らずで、敵を大いに苦しめた。

「江川英長殿を呼べ」

使者が帰ると、茂兵衛は江川と善後策を協議することにした。小笠原丹波亡き今、江川英長は茂兵衛の政治顧問的な役目を担ってくれている。

「四月二十一日に玉縄城が、本日二十三日には下田城が、相次いで降伏開城した由にござる」

茂兵衛は江川に顔を寄せ、小声で囁《ささや》いた。

玉縄城の北条氏勝は一門衆の大物で、その発言権は強い。下田城は、三代北条氏康の傅役《もりやく》を務めた清水康英が籠る要害だ。

「北条の重臣《おとな》二名が、大した抵抗もせずに旗を巻いたのだ。もうこの時点で、美《み》濃守様《ののかみ》の面子《メンツ》は『すでに立った』とみてよろしいのでは？」

「確かに」

江川が頷いた。

「ならば、よい頃合いゆえ……」

少し間をおいてから茂兵衛が続けた。

「それがし今一度、韮山城へと赴き、美濃守様を説得してみようと思いまするが、江川殿はいかが思われるか？」

よい頃合い——先日江川は、小田原本城の他に、下田城、鉢形城《はちがたじょう》、八王子城、玉縄城など北条方の支城を例に挙げた。この四支城が、韮山城より先に開城すれば「氏規の面子は保たれる」と明言したはずだ。その内の二城が、この数日の間に落ちたのである。

「確かに、よき頃合いだと思いまする。その点は異存ござらぬが、植田様が使者として城内に入る旨、まずは左衛門大夫様（福島正則）辺りにお伝えしておいた方がよいのではございますまいか」

「なぜ？」

茂兵衛の表情が俄《にわか》にかき曇った。

「あの……」

江川が言い淀《よど》んだ。上長である茂兵衛の思わぬ不興に戸惑っているらしい。敏《さと》い男なだけに、そのまま口をつぐんでしまった。

「のう、江川殿」

「はッ」

「それがしが韮山本城に入り、美濃守様にお会いするのは、主人徳川家康の下命に従い無血開城を説くのが本旨にござる」

「御意ッ」

「一方、左衛門大夫様以下の豊臣恩顧の大名衆は、無血開城では『武勲の挙げようがない』と残念に思われ、異を唱えられるのではあるまいか」

「確かに」

「それは都合が悪い。主命を全《まっと》うできんようになっては一大事にござる」

「御意ッ」

「反対されると分かっているものを、前もって報せても益はござらん。左衛門大夫様には事後報告で十分にござる」

「ただ……」

おずおずと反論してきた。

「ただ？」

「織田信雄公が去られた後、左衛門大夫様は事実上の韮山攻めの総大将にござれば、無断で美濃守様と交渉すると、臍《へそ》を曲げられるやも知れませぬな」

「まあね」

そう答えてからしばらく考え、やがて言葉を継いだ。

「この戦場は実に奇妙でござる。まず総大将がおらん。名目上は織田信雄公が未だに総大将なのやも知れませぬなァ」

官位が高く封土も広く、人一倍声が大きい福島正則が、一応は総大将然として振る舞ってはいるものの、彼とても正規の指揮官とは言えないのだ。

「関白《かんぱく》殿下が総大将をお決めでない限り、それがしとしては主人家康の命に従うのみにござるよ。下田、玉縄両城が落ちた今は、美濃守様に開城を迫る絶好の機会。この好機を見逃すわけには参りません。それがし、誰にも告げずに、韮山本城に参る所存にござる」

「御覚悟のほど得心が参り申した。同心致しまする」

江川が折れて頭《こうべ》を垂れた。

翌朝、茂兵衛はただ一騎、広い水堀の手前にまで仁王《におう》を進めた。

前回、軍使としてこの土橋を渡った折には、隣に小笠原丹波がいてくれた。その小笠原は、北条側の銃弾を背中に受け、茂兵衛の腕の中で息絶えた。今回は、仁王と二人きりで敵城に乗り込む。城内には風魔《ふうま》と呼ばれる乱破《らっぱ》、素破《すっぱ》を専《もっぱ》らとする一族も交じっている。彼らは非常に好戦的で、かつ戦場での決まり事など意に介さない。軍使だからと特別扱いはしないだろう。

「へへ、仁王よ。死ぬときは一緒だら」

上田《うえだ》で愛馬雷《いかずち》を失った茂兵衛が、仁王を乗馬にしたのは天正十五年のことだ。もう三年乗っている。馬齢は八歳。若駒の頃は気性の荒さに手を焼いたが、今ではだいぶ落ち着いた。これから数年が、軍馬として一番よい時期だ。

「さ、行こうで仁王」

そう囁いて鬣《たてがみ》の辺りをポンポンと軽く叩くと、仁王はブルンと鼻を鳴らし、ポクポクとゆっくり歩き始めた。

一色口《いっしきぐち》の城門は、水堀にかかった土橋の先、その距離一町（約百九メートル）ほどである。矢倉上に並んだ鉄砲隊の銃口が、露骨にこちらを狙っているのは前回と同じだ。茂兵衛は腰の大刀を抜き、頭の上でゆっくりと旋回させた。敵陣に使者を送る場合の合図である。

水堀の蓮は擬宝珠《ぎぼし》のような花芽を伸ばしていた。前回は立ち葉こそ出ていたが花芽は見えなかった。ほんの二十日余りだが、少しずつ季節は移ろっている。

「どう」

茂兵衛は手綱を引き、仁王は歩みを止めた。城門まで半町（約五十五メートル）。敵矢倉からの有効射程距離に入った。

「徳川家家臣、植田茂兵衛にござる」

大音声《だいおんじよう》を張り上げた。

「戦況につき、美濃守様にお伝えしたき儀がござる。城門を開けられよ」

しばらくして、軋《きし》みながら韮山本城一色口の城門が開いた。

北条氏規は元気そうだった。連日陣頭指揮を執っているらしく、真っ黒に日焼けしている。

「戦場の倣《なら》いゆえ謝罪こそせぬが、先日の小笠原殿は不憫なことであった」

茂兵衛と共に帰陣する小笠原丹波が、俄に勃発した銃撃戦の巻き添えを食い討死したことを遠回しに詫びた。

(軍使が危ねェのは織り込み済みだがね。なにせ、敵陣に身一つで乗り込むわけだからなァ)

「それよりも美濃守様、各地の戦況が著《いちじる》しく動いてござる」

「と、言われると?」

「遺憾ながら……一昨日、鎌倉の玉縄城が降伏開城致しました由」

「なんと……左衛門大夫殿、屈されたか」

北条氏勝の玉縄北条氏は、代々左衛門大夫を名乗った。偶《たま》さか福島正則の官位と同じだが、正則のそれは「名乗り」ではなく、朝廷から叙爵された正規の官位である。

「さらに、本日は下田城が降伏開城」

「上野介《こうずけのすけ》殿、お労《いたわ》しや」

氏規はガックリと肩を落とした。ちなみに、上野介は清水康英の名乗りだ。

「勝敗は兵家《へいか》の常と申します。あまり気落ちされませぬように」

「で、ござるなァ。まだ拙者の戦《いくさ》は続いておりますからなァ」

「御意ッ」

茂兵衛が守る、北側の小田原口、一色口こそ平穏無事だったが、その他の諸将は攻める気満々で、韮山城の土手和田砦《どてわだとりで》、和田島砦《わだじま》、金谷砦《かなや》等々に連日激しい攻撃を仕掛けていた。氏規は城兵を鼓舞し、よく戦っている。

「美濃守様、先日、我が主の厚情は『決して無下にはせぬと』と仰せでしたが、今もそのお気持ちは変わりませぬか？」

「無論でござる。ただ……仔細があり、今少し戦わせて下され」

「と、申されますと？」

「鉢形城にござる」

「ほう。北条氏邦様のお城にございまするな？」

「新太郎《しんたろう》とワシは、兄弟ながら気が合わんでな」

北条氏邦は氏規の異母弟である。安房守《あわのかみ》を名乗り、通称は新太郎だ。

「評定の席などでは、いつも反目に回った。今回の秀吉公との諍《いさか》いも、北条の中は八割方和睦で纏《まと》まっておったのだ。それを奴がひっくり返した」

（そうか。去年の名胡桃城《なぐるみじょう》の一件、北条方の首謀者は、確か氏邦の家老だったなァ）

「弟は唯我独尊《ゆいがどくそん》。兄弟の言うことにも、重臣の提案にも聞く耳を持たん。奴と話すと毎度毎度罵《のの》り合いになる。ならばこそ……」

最強硬派で、北条を滅亡の淵へと突き落とした氏邦よりも、一日でも長く籠城を続けると氏規は頑固に言い張った。

「新太郎の馬鹿が、籠城を続けておる限りは、ワシの方から城門を開くことはござらん。落城でも、降伏でもいい。鉢形城が落ちれば、ワシは韮山城を開く」

「な、なるほど……」

氏規の決意の堅さはよく伝わった。今は退くしかあるまい。

(氏規様の申されたことを、そのまま殿様に書いて送ろう)

そんなことを考えながら、韮山本城一色口の城門を出た。仁王の鞍上《あんじよう》で振り返れば、矢倉の上から氏規が笑顔で手を振っている。先日の失敗を繰り返さぬよう、自ら矢倉に上り、見送ってくれているのだ。

(兄弟の諍いが絡むと、他人同士以上に縺《もつ》れるからのう。俺の手には余るわい)

丁寧に会釈を返しながら、嘆息を漏らした。そのときだ——

タンタンタンタン。タンタンタン。

「えい、とうとうとうとう。えい、とうとうとうとう」

十八丁暇口《じゅうはっちょうなわてぐち》の方から銃声と武者押しの声が聞こえてきた。茂兵衛が城から出てくるのを待ちかねたように、福島隊が城門への攻撃を開始したのだ。

(糞ッ。あの肩幅野郎、前回と同じだら。これ、絶対にわざとだろうよ)

「撃つな! これ、撃つでないッ!」

背後から、はやる鉄砲隊を静める氏規の怒声が聞こえてきた。茂兵衛が命じる前に、仁王が狂ったように走り出し、瞬《また》く間に味方の鉄砲陣地に駆け込んだ。あるいは馬も、二十日前の恐ろしい出来事を覚えていたのかも知れない。

二

「おい、こらァ、植田ァ! 出てこいや!」

夜の静寂《しじま》を破る怒声は三町(約三百二十七メートル)彼方《かなた》から聞こえ始めた。眠りを破られた鳥たちが驚き慌てて、暗い夜空に向けてバタバタとの羽音を残して飛び立つ。その怒声は止むことなく、茂兵衛の天幕まで真っ直《す》ぐに向かってきた。

(肩幅野郎……来やがったなァ)

江川英長が心配した通り、福島正則が「臍を曲げた」らしい。ま、茂兵衛としては想定の内である。

「こら植田ァ！　面ァ見せろや、このド百姓がァ！」

まだ半町（約五十五メートル）は離れているはずだが、まるで耳元で怒鳴られているように聞こえる。なにしろデカイ声だ。

「なにがド百姓か。おまんだって出自は桶屋だがね。大して変わらんわ」

ブツブツと不満を口にしながら、下僕に手伝わせて身支度を整え、従五位下《じゅごいげ》の位を持つ元桶屋の倅《せがれ》を出迎えた。

「これはこれは左衛門大夫様、御機嫌麗《うるわ》しゅうござる」

と、片膝を突き、慇懃《いんぎん》に頭を下げた。

正則は、日輪に水牛脇立《わきだて》の有名な兜こそ被っていないが、二枚胴の具足に陣羽織をはおった物々しい姿だ。これで腰に首級の三つもぶら下げていれば、そのまま一騎駆けの端武者で通る。

（ふん。しょせんはその程度の下衆《げす》だわ）

「植田ァ、ワレ、このワシに一言の断りもなく、勝手に城に入ったらしいのう」

随分と気が立っている。日が暮れた後も、ほんの半刻（約一時間）前まで十八丁畷口の方から盛んに銃声や武者押しの声、銅鑼《どら》の音などが流れてきていた。最前まで過酷な戦場におり、その気分のままに怒鳴り込んできたらしい。

「御意ッ」

惚《とぼ》けて平然と頷いた。

「軍規違反ではねェか！　独断専行ではねェか！　そこまでして手柄を挙げてェか、このド百姓がァ！」

「別段、軍規違反とは思いませぬ」

「なんだと、この野郎」

と、前屈みになり、茂兵衛の陣羽織を摑んで立たせた。目方が十九貫（約七十一キロ）ある茂兵衛だが、軽々と引き寄せられた。物凄い膂力《りょりょく》だ。顔が三寸（約九センチ）にまで接近した。

身の丈は五寸（約十五センチ）茂兵衛が高いが、肩幅は正則が拳三つ分ほども広い。年齢差（正則は三十歳で、茂兵衛は四十四歳）を考慮に入れれば、戦場での一騎打ちは避けたい相手だ。

「現在、韮山城攻めの総大将はワシだがや。筋ぐらい通せや」

「総大将は織田信雄公なのでは？」

「ここにおらんだろうが、あの馬鹿は！」

正則が怒鳴ると唾が顔にかかった。大層不快だったが、陣羽織を怪力で摑まれているので身を離せない。

「それがし、関白殿下から、福島様を総大将に据えるとの御下命は受けておりませぬ」

「たァけ。大体がそうゆう空気だろうが。空気を読めや！」

「ハハハ、なるほどねェ。大体でござるか、大体ねェ」

「な……」

言い返せないところを見れば、やはり総大将に任命されてはいないようだ。

「前野の叔父貴も蜂須賀の彦右衛門《ひこえもん》もワシを総大将として認めてくれとるわ」

蜂須賀家政の父親と前野長康はともに野伏《のぶせり》あがりである。桶屋と似たり寄ったりだ。

「でも、官位は侍従《じじゅう》の森忠政《もりただまさ》公が筆頭者でしょう？」

「あれは……まだガキだがね」

森忠政は、鬼武蔵《おにむさし》や森蘭丸《らんまる》の弟で、今年二十一歳だ。

「関白殿下から総大将の御指名が未だない現状では、それがしは徳川家の家臣として主人家康の下知に従うより他に道はござらん」

「ふん」

家康の名が出たからか、正則は鼻白んだ様子で、茂兵衛の陣羽織を掴んでいた手を放した。

「主人家康からの下命は二点にござる。一つは、小田原口と一色口を封鎖し、城兵を一歩も外に出さぬこと。今一つは、これ以上に双方の血を流さんで済むよう、美濃守様に無血開城を説諭して……」

「ハハハハハ、たァけ！」

ここで正則が、弾かれたように笑い始めた。

「ワレ、トロ臭《くせ》ェことゆうとったらいかんがね」

と、今度は茂兵衛の肩に手を回し、グッと引き寄せ、また顔を近づけてきた。どうもこの男は距離感がおかしい。最終的には接吻《せっぷん》でもしたいのかと、まったくその気のない茂兵衛は腰が引けた。

「茂兵衛よ。昔のことを思い出せ。なんでおみゃあは、百姓を捨てて武士になったのよ？　その原点に立ち戻れや」

「はあ」

「結局のところが、銭と地位と名誉だろうがね。おみゃあ、早々と美濃守が降伏してもうたら、功名の機会がのうなるぞ。それでええのか？」

「しかし、主人の命にござれば……」

「たァけ」

ペチンと月代《さかやき》の辺りを平手で叩かれた。

「あたッ」

「おみゃあ、百姓あがりが忠義なんぞと真剣な顔で抜かすなや」

ここで正則は、声を潜めた。自然、顔が更に接近する。

（もう、本気で嫌だなァ）

「何代も仕える家来ならいざ知らず、百姓や桶屋の倅が忠義など知るかい。仕える主人は、銭と名誉を与えてくれる金蔓《かねづる》よ。それ以下でもそれ以上でもねェわな。違うか？」

「そ、そんな身も蓋もない……」

「おみゃあだって、最初はそう思って徳川家に奉公したはずだわ。ワシには分かる。足軽奉公を始めた頃は、立身出世のことしか頭になかったはずだがね」

「や、別に、そうでもございません」

「嘘つけェ！」

と、また月代の辺りを叩かれた。

「それがしは地元の喧嘩で過《あやま》って人を殺し、村におれんようになり、仕方なく徳川家に成り行きで仕えたまでで」

「はあ？」

「や、飯さえ食わせて貰えればそれでええかな、と」

「おみゃあ……」

正則は手を放し、少し離れた。軽蔑の眼差しで茂兵衛を見ている。まるで、物置でゲジゲジを見たときのような目だ。大きな害こそないが、居れば居たで不快なことこの上ない。

「成り行きで、武士になったんか？」

最前までの怒気は鳴りを潜め、哀れみと同情と嫌悪がない混ぜになった微妙な声で訊ねてきた。

「ま、ほうですわ」

「飯を食わせて貰えればそれでええと？」

「ほうですわ」

二人の武将は、しばし見つめ合った。

篝火《かがりび》にくべた薪《まき》がバチンと爆《は》ぜた。

「おみゃあ、相当に志が低い男だのう」

「え、あの……」

軽蔑していたはずの肩幅野郎から、酷いことを言われてしまった。でも、正則の言葉には一片の真実が含まれているようにも感じる。そもそも、植田茂兵衛の志とはなにか。植田茂兵衛に義はあるのか。

（ねェこともねェだろ）

内心で自問自答した。

（俺ァ、辰や左馬之助、善四郎《ぜんしろう》様や小六のことまで考えてる。心配してるんだわ。いざとなったら俺ァ、仲間のためには一肌脱ぐつもりよ）

仲間を大事にする——大切な徳目だ。それを自分の義や志と考えればいい。ゲジゲジにそんな意識はあるまい。ゲジゲジに勝った。少しだけ気が晴れた。

（ただ、ま、それが世間一般にいう義や志と呼べるものかって話だわなァ）

茂兵衛への興味が失せたらしく、俯きがちにトボトボと天幕を出ていく正則の幅の広い背中を眺めながら、茂兵衛の思索は続いた。

（でもよォ。だからって肩幅野郎や野伏あがりの大名衆みたいに、銭と地位と名誉だけを求め続けるのが志か？　義か？　本懐か？　それはそれで違うだろう）

「おい、小六」

「はい、お頭」

と、五番寄騎が天幕の陰から顔を覗かせた。

「塩、まいとけ」

「はい、お頭」

察した小六が苦い笑顔で頷いた。茂兵衛が正則を嫌っていることに気付いていたらしい。この辺の気働きは、侍奉公には必須だ。小六は天正十五年以来の三年間、鉄砲百人組の寄騎を務めてきた。今年で十八歳。まだまだではあるが、それなりの人材へと育ってきている。

その夜のうちに、茂兵衛は、小田原の家康へと書状を送ることにした。韮山城攻めの現状を簡単に説明した上で、氏規が降伏開城への条件を「鉢形城の開城である」と具体的に示した旨を伝えた。

「新太郎の馬鹿が、籠城を続けておる限りは、ワシの方から城門を開くことはござらん」

との、氏規の実弟に対する明け透けな言葉をそのまま書状に認《したた》めた。開戦派の氏邦と和平派の氏規との路線を巡る対立は根深く、今も互いに牽制し合っているようだとも書き添えた。

（それから、信雄公が去って以来、この戦線を仕切る総大将がいねェことが混乱の原因だわなァ。あんな阿呆でもいないよりは……ま、そうも書けんが）

と、書き進めていた筆を止め、思わず苦笑した。

（福島正則や蜂須賀家政は、品こそねェが、それでも一応は大名だからよォ。侍大将とすら言えねェ俺の主張なんぞ一つも通りゃせんがね）

福島たちに対等な立場で「物が言える」武将を、徳川勢の筆頭者として派遣して欲しい旨も最後に書き添えた。

正則への不満を具体的に述べることは、敢えてしなかった。家康は、己が麾下《きか》にない正則に意見をする立場になかったし、現場での不首尾を、余人のせいにするような報告を喜ぶ上長はいないものだ。

（わざわざ書かんでも、大体のことは殿様なり佐渡守《さどのかみ》様（本多正信）なりが察してくれようからな。よし、これでええ）

揺れる篝火の炎に照らし、今書き上げたばかりの手紙を読み返しながら、心中で呟いた。

(それにしても……俺の文字)

と、己が筆跡を自画自賛し、ほくそ笑んだ。

(読み易いし、気障《きざ》に格好つけとる感じも一切しねェ。素直でなかなかええ字だがね)

農民の出で、学の無い茂兵衛である。まだ本多平八郎の旗指足軽を務めていた頃、学の無さでは茂兵衛とドッコイドッコイの平八郎が、それは見事な手で文を書くのを見て一念発起、真剣に書を学んだ。お陰で、人の頭立《かしらだ》つほどの身になっても、恥をかかずに済んでいる。当時は、まさか自分がここまで出世するとは思わなかったが、人生、なにがどこで役立つものやら分からない。

今まで、自分の筆跡を初めて見てから、接してくる態度を大きく変えた者は数知れない。大体は、良い方向に変わる。人格を磨くには数十年を要し、学識を身につけるには十年が必要だ。その点、書なら二年も学べば、それなりの文字が書けるようになる。極めて効率がいい。

酒宴で酔うと、茂兵衛はいつもこの話をする。配下の誰もが「また始まった。

もう聞き飽きた」と嫌そうな顔をするが、事実として、鉄砲百人組の寄騎から足軽に至るまで、達筆な者がごまんといる。そのことを茂兵衛は、内心で誇らしく感じていた。

三

開戦早々に織田信雄を韮山城から呼び寄せ、小田原城包囲組に配置換えして以降、韮山城攻めの総大将は空席だった。意外に韮山城と北条氏規の抵抗が激しかったこと、想定以上に信雄が無能振りを発揮したこと、韮山城の戦略的価値がさほどに高くはなかったこと等々が、指揮官空席の原因だったようだ。さらに秀吉が、四月一日に着工した笠懸山陣城《かさがけやまじんじろ》の造営に興味を奪われていたことも大きい。ちょうど梅雨《つゆ》時に当たり、普請が遅れ気味なのだそうな。

現在秀吉の本陣は、小田原城の西一里（約四キロ）にある早雲寺《そううんじ》に置かれていた。陣城が完成して笠懸山に本陣を移せば、小田原城の西に開く早川口《はやかわぐち》からは半里（約二キロ）ほどの近距離となる。もう目と鼻の先だ。北条方には大きな圧力となることは間違いない。秀吉が築城を急かせ《せ》、躍起《やっき》となっているゆえんだ。

そこに家康が目を付けた。

家康はわざわざ早雲寺にまで出向き、韮山城攻めを自分に任せて欲しいと、秀吉に掛け合ったのだ。結果、秀吉は、韮山城の扱いを家康に一任した。

家康は、庶弟でもある内藤信成《ないとうのぶなり》を攻城指揮官に据え、現地の戦況に詳しい植田茂兵衛をその寄騎とした。

信成は今年四十六歳。通称は三左衛門《さんざえもん》。家康より三つ若く、茂兵衛より二歳年長だ。父は松平広忠《まつだいらひろただ》で、家康の異母弟である。兄ほど肥満はしていないが、顔つきは兄弟よく似ていた。性格的には慎重。天才肌ではないが、任せればやるべきことはやる男だ。この辺も、どこか兄と似ている。

「茂兵衛よ、実はおまんに一度訊いてみようと思うとったんだわ」

床几に腰かけた信成が、やや顔を近づけ、小声で問いかけた。

「はあ、なんでございましょう」

場所は韮山城一色口に臨む徳川の本営。よほど大事な話かもしれない。茂兵衛も声を潜め、信成の目を見た。

「おまん、十八年前、一言坂《ひとことざか》におらなんだか？」

「ああ、一言坂ね……御意ッ、おりました」

なんだ「そんなことか」と少しだけ気が抜けた。

元亀《げんき》三年（一五七二）十月。二万の大軍を擁《よう》する武田信玄が南下、徳川家は御《お》家存亡《いえそんぼう》の危機に陥った。一言坂の戦《いくさ》は、年末に勃発する三方ヶ原《みかたはら》の戦の前哨戦であった。浜松城《はままつじょう》東方、天竜川《てんりゅうがわ》東岸の一言坂で武田本隊と徳川の物見部隊が激突した。

本多平八郎が大物見を志願し、家康はそれを許したものの、平八郎の暴走を恐れ、慎重な信成を同道させたのだ。当時の茂兵衛は平八郎の足軽小頭を務めていたから、信成はそれで見覚えていてくれたものと思われた。

「確か平八郎殿の命で物見に行って信玄の本陣を見つけた……おまん、あの時のデカい小頭かえ？」

「御意ッ」

「や、鉄砲大将としての活躍はよう見知っておったし、貴公の出自が農民だとも聞いておったがや。でも、まさかあの時の小頭がのう……おまん、随分と出世したもんやのう」

と、不思議な獣《けもの》でも見る風に、覗き込んできた。

「お、お陰をもちまして」

茂兵衛は、赤面しながら頭を下げた。

信成の顔はよく知っていたし、城内ですれ違えば互いに会釈ぐらいは交わしたものだが、この十八年間、一度も共に働いたことがなく、言葉を交わしたことすらなかったのだ。

「や、一度訊いてみようと思うとったんじゃが、出自のことを訊ねると不機嫌になる御仁もおるからのう」

「いやいやいや、それがしに限って……今さら出自如きで、不機嫌になどなり申さんわ」

「左様か、それはよかった。ホッとしたわい」

と、人の良さそうな顔を皺《しわ》くちゃにして笑った。

(殿様と三左衛門様、御兄弟でよう似ておられるわ。ただ、この善良さは殿様にはあまり感じられんわな。もう少しお人が悪い御面相だがね)

とは思ったが、ただ、その辺りはどうなのであろうか。

生来は似たような気質の兄弟でも、立場が人柄を決める部分も大きい。戦国大名として、刃の上をそろそろと歩くような人生と、一介の武将として概《おおむ》ね命令に従っておれば済む人生では、自《おの》ずと違いも出てこよう。もしも兄弟の立場が逆だったなら、あるいは家康も、もう少し正直で、善良で、優しい――

（ま、あり得ねェわなァ）

と、茂兵衛は家康の冷酷で狡猾《こうかつ》そうな顔を思い浮かべながら、思わず嘆息を漏らした。

信成が韮山入りして以降、福島正則以下の西国勢が韮山城を攻撃することはなくなった。信成自身の采地はたかだか数千石の分際に過ぎないが、秀吉が「韮山のことは亜相殿に任せる」と宣言し、その家康の名代として彼は赴任してきたのだ。信成の「積極的には攻めず、封じ込めて降伏を待つ」との方針は堅持された。

かくて旧暦の五月末から六月頭にかけて、梅雨空の下で戦線は膠着した。

六月に入り、梅雨明けを待っていたかのようにして、奥州《おうしゅう》の雄、伊達政宗《だてまさむね》が小田原の秀吉を訪れて臣従した。政宗も一大決心である。ここまで参陣が遅れたからには、現在百万石を超す版図が大きく削られるのは間違いない。それを承知で彼は頭を下げてきた。もう「豊臣の天下は微動だにしない」と見切った証と言えるだろう。これで天下に秀吉に歯向かえるだけの大大名は、現在包囲され滅亡寸前の北条氏だけとなった。小田原城は幾つかの支城（忍城、八王子城、韮山城、鉢形城）の存在を除いて孤立無援だ。

ここまでの経緯をざっと見れば、まず四月二十一日に玉縄城が降伏した。同二十三日には下田城が降伏。六月六日には伊達政宗が小田原を訪れ降伏。

そして六月十四日、遂に鉢形城の北条氏邦が降伏したのだ。氏規が降伏の条件としていたあの鉢形城である。この城の降伏には平八郎が大きな貢献をした。浅《あさ》野長政《のながまさ》の援軍として参戦し、大砲を近傍の丘に上げ、城内に撃ち込んだのだ。さしもの氏邦も、たまらず降伏したという。その報せが、小田原経由で韮山に届いたのは六月十六日。さっそく茂兵衛は江川英長を連れて、信成の天幕を訪問した。

「江川砦なり韮山本城なりに、鉢形城降伏の一報は入っていようか？」

信成が江川に質《ただ》した。

「なんとも申せませぬ。これだけの広大な城域にございますれば、どこからか話が漏れ、城内に伝わっても不思議ではございません」

「であろうな」

「城内から、例の矢文は来ぬのか？」

茂兵衛が江川に質した。

「いえ、最近はまったく」

「鉢形城の帰趨《きすう》は、己が命運をも左右しまする。もし漏れ伝わったとすれば、確認のため矢文を射込みたくなるのが人情だと思うのですが、いかが？」

「確かにな、そうゆうもんだわ」

信成が頷いた。矢文が来ぬところを見れば、城内に鉢形城降伏の報せは伝わっていないものと見てよかろう。

「三左衛門様、となれば一刻も早く我らの言葉で一報を伝え、美濃守様に降伏を勧めるのが上策にござる。それがしの前で美濃守様は『鉢形城が落ちれば、ワシは韮山城を開く』と確約されたのですからな」

「左様か。左様だな」

「では……」

と、三人で氏規が降伏を受諾した場合、拒絶する場合、新たな条件を出してきた場合などについて、それぞれ綿密に打ち合わせ、そのまま信成と茂兵衛の二人が韮山城内へと入ることになった。江川には、福島正則ら西国大名衆の陣を巡り、降伏勧告を行いつつある旨を、諸将に伝えてもらうことにした。

茂兵衛は三度《みたび》、一色口の土橋の袂《たもと》に立った。

一度目は小笠原丹波と二人、三月三十一日のことだ。帰途、小笠原丹波は敵銃弾に背中を撃ち抜かれて討死した。二度目はただ一人、四月の二十三日のことだった。今回は三度目で家康の弟と二人連れだ。小笠原と城内に入ったのは昨日のことのようだが、そろそろ二ケ月《ふたつき》半が経っている。

「では、参りますか」

「おう」

信成が頷いた。二人並んで馬を進め、土橋の途中で止まる。城門の矢倉上で数十の銃口がこちらを狙っているのが分かる。例によって大刀を抜き、頭上で大きく回した。大声で姓名用件を名乗り、さらに進んで城門を潜った。城の背後の天ケ岳で夏蟬《なつぜみ》が盛んに鳴き交わしている。なにしろ暑い。梅雨が上がり、夏の陽が容赦なく黒い甲冑に照りつける。当世具足の下には直垂《ひたたれ》を着て、籠手《こて》まではめているのだ。もちろん、汗が滝のように流れるのは、暑さばかりのせいではないとは思うが。

「ほう、遂に新太郎めが音《ね》を上げ申したか」

随分と気の合わない弟らしいが、さすがに氏規に笑顔まではなかった。韮山本城本丸御殿の氏規の自室である。

「今後は攻城方の使者となり、小田原城の氏直公と氏政公を説得する側に回られるやに伺っております。流れる血を可能な限り少なくするのが、主人家康の切なる願い。美濃守様にも、ぜひ小田原城説得の輪に参加して頂きたく、こうしてお願いに参上致しました次第にございます」

信成が懇々《こんこん》と説いた。この手の説得には信成の穏やかで、誠実な人柄は適性が高い。茂兵衛や平八郎のような強面《こわもて》や、家康や本多正信のような狡猾さが顔に滲み出ているような者には、あまり向かない仕事だ。

「城兵の無事は保障して頂けますな？」

「主人家康に成り代わり、約定致しまする」

信成が請け合った。

「くれぐれも、女子供が無礼な扱いを受けぬようお頼み申しまする」

「身に代えましても」

「左様か……」

ここで氏規は大きく溜息を漏らした。

「最後に一点だけ、植田殿に伺いたい」

氏規が茂兵衛に向き直った。

「なんなりと」

茂兵衛は両の拳を床に突き、頭《こうべ》を垂れた。甲冑を着けているので、平伏は出来ない。ちなみに、氏規自身も甲冑を着用している。信成着任以来、ほとんど戦闘はないのだが、戦の最中であることに変わりはない。

「それというのも……」

氏規がニコリと微笑《ほほえ》んだように見えたので、茂兵衛も微笑み返そうとしたが、氏規は笑っていなかった。むしろ、これは泣き顔だ。

「韮山城兵三千六百人余、三月二十九日の開戦以来、本日六月十六日で総計七十六日間の籠城戦……」

氏規の涼やかな両眼が見る間に涙で濡れ、溢れた水滴が幾筋か頬を伝った。

「よく戦ったと……お、思われるか？」

語尾は震えて言葉になっていない。

長く外交を担ってきた氏規には、五代百年続いた小田原北条氏の命運が、今まさに尽きかけていることは明確に見えていたはずだ。だからこそ彼は、和平のために小田原、駿府《すんぷ》、大坂《おおさか》の間を奔走した。時には臆病者呼ばわりされることもあったろう。豊臣の間者扱いされたことも多かったはずだ。その彼が、最後の最後には、交渉者の微笑みをかなぐり捨て、武人として精一杯に戦うことによってのみ、自家の名誉を守ろうとしたのだとしたら――

「韮山城兵衆の驚くべき粘り、恐れを知らぬ闘争心、この八十日間、城を囲んでおった数万の将兵一人一人が生き証人にございまする」

感極まって茂兵衛の声も震えた。韮山城本丸御殿の一室に、男たちの慟哭《どうこく》が木霊《こだま》し、盛んに鳴き交わす夏蟬たちも、思わず黙りこくった。

（まったく、皮肉なもんだぜ）

茂兵衛は、溢れる涙を拭いつつ考えた。

韮山城を攻め続ける福島正則以下の西国大名衆を、茂兵衛は嫌っていた。「北条氏規を死なせない」との己が使命を邪魔する行為に見えたからだ。ただそれ以上に、功名のみに走り、意地汚くどこまでも襲いかかる、その執念深さが「生理的に受け付けなかった」ということもなくはない。

しかし、彼らの執拗《しつよう》な攻撃と、それを撥ね返す城兵との長期間にわたる激闘がなければ、今以上に氏規は納得できていなかったかも知れない。西国大名衆の貪欲さと執拗さが、氏規たち北条衆の溜飲を下げたとも言えるのではないか。

（なにが幸いするやら、災いするやら、分からんもんだがね）

氏規は、八日後の六月二十四日に韮山城を開城する旨を約束した。引き渡しを受けた後は、内藤信成がそのまま城番として韮山に残る手筈となった。

四

茂兵衛は、降伏した北条氏規を小田原へと同道した。

多少は歩く距離が短くなるとのことで、箱根《はこね》がある東海道《とうかいどう》へは向かわずに、韮山からそのまま東へ歩いて伊豆《いず》の山に上った。口金山《くちかねやま》とか丸山《まるやま》とか呼ばれる景色の良い峠（現在の十国峠）を越え、相模湾《さがみわん》側に下り、伊豆山権現を目指した。この道は四百年前、旗揚げしたばかりの源頼朝《みなもとのよりとも》が、幾度も手勢を連れて通った道であるそうな。武家の棟梁が行き来したその同じ道を、甲冑を着け、強力な鉄砲百人組を率いて歩くと、自分も一端《いっぱし》の武家になったような気がして、とても誇らしく感じた。

馬上の氏規には、もちろん縄など掛けていない。脇差を佩《お》びることも許していた。

　ただし、彼は前線指揮官に降伏しただけであり、総大将秀吉の赦《ゆる》しを得てはいない。故に、甲冑や陣羽織の着用は許されなかったし、直垂姿での移動となっている。

「軍法ゆえ、御辛抱頂きたい」

「なんの。この蒸し暑さ。むしろ涼しくて具合がようござる。茂兵衛殿、お気になさるな」

「恐縮にござる」

　氏規は萎烏帽子《なええぼし》を被っていたが、漆の黒が盛夏の日差しを集めて暑かろうと、茂兵衛は氏規用に菅笠《すげがさ》を持ってこさせた。ちなみに、萎烏帽子は、立烏帽子《たてえぼし》に薄く漆を塗り、それを揉んで柔らかくしたものである。兜の下に折り畳んで被り、兜を脱いだ折には、それを立てて被り直した。無帽を避ける工夫である。

「これはよい。かたじけない」

　やるだけはやったとの思いからか、総じて氏規は明るかった。

　未だに武蔵国《むさしのくに》の忍城こそ抵抗を続けているが、実は韮山城降伏の前日、六月二十三日に八王子城が陥落している。緒戦で落ちた山中城を初めとして、玉縄城、下田城、鉢形城、八王子城など小田原の防衛拠点たる支城群はすでに崩壊していた。けだし、氏規と韮山城はよく戦ったのである。

伊豆山権現で一泊、そこから先は、相模湾に沿って東へ進んだ。茂兵衛は、初めて相模湾を見た。海岸線を歩けば、波に打ち上げられ、夏の陽に焼かれた海藻の磯臭い香りが、そこここに漂っている。見慣れた三河湾《みかわわん》や遠州灘《えんしゅうなだ》、駿河湾《するがわん》——どこも変わりなく思えるが、今回に関しては、かなりの異様さが漂う夏の相模湾であった。

その理由は、小田原沖に浮かぶ夥《おびただ》しい数の軍船であろう。九鬼や村上《むらかみ》、毛利や徳川の連合水軍だ。小田原城を海上封鎖しているのだろうが、それにしても数が多い。遠目にもそれと分かる巨大な安宅船《あたけぶね》を囲むようにして、中型の関船《せきぶね》、小型の小早《こばや》が展開し、海を覆い尽くしている。鴨などの水鳥が、小さな雛を引き連れて池を泳ぐ様によく似ていた。百隻《せき》や二百隻ではきかない。大袈裟でなく千隻はいる。大艦隊だ。

「だから……言わぬことではないのだ」

豊臣方の水軍の威容を眺め、嘆息を漏らしていた氏規が、小声でそう呟くのを茂兵衛は聞き逃さなかった。

（お悔しいのだろうなァ）

井《い》の中の蛙《かわず》の例がある。蛙族の中で唯一井戸の外を垣間見た一匹が、井戸に戻り「とても敵わない」と説いたが、誰も聞く耳を持ってくれなかった。氏規はそこを悔やんでいるのだろう。

（お気持ちは分かるが……ただなァ）

茂兵衛は、大坂の石川数正から裏の話も聞いている。「端から秀吉は、北条を潰しにかかっていた」そうだ。そのために様々な謀略も使われたらしい。たとえ北条氏政と氏邦が、氏規の提案を受け入れ、和睦に動いたとしても、遅かれ早かれ北条は潰され、二百万石余の領地は豊臣恩顧の大名衆に、文字通り「ばら撒かれていた」のではあるまいか。韮山城での福島正則たちの振る舞いを見るにつけ、豊臣という利益至上主義の一門が統《す》べていくことになるこの国の将来に、茂兵衛は一抹の不安を感じていた。

伊豆の山々は崖となり、相模湾へと駆け下っていた。海と崖の狭間を縫うようにして小径が小田原まで延びている。右手は大海原だから閉塞感こそないが、数多の岬に遮られて、小径の先を見通すことはできなかった。

早川《はやかわ》にさしかかると一気に視界がひらけた。東に向けてどこまでも平野が続いている。茂兵衛の視界のまん中、地平線を区切っているのは小田原城の土塁だ。

（ほお、こりゃ随分と長いなァ。土塁の彼方がよう見えんがね）

寄せ手の水軍の数も凄かったが、守る側の小田原城の広大さにも度肝を抜かれた。なにしろ惣構えが広い。大坂勢の来襲に備えて昨年から普請を始め、ようやく完成させたらしい。東西に半里（約二キロ）と七町（約七百六十三メートル）、南北に半里と二町（約二百十八メートル）もあり、その内側に町屋全体をそのまま囲い込んでいる。この城、難攻不落と形容されることも多い。事実、永禄《えいろく》四年（一五六一）には長尾景虎《ながおかげとら》（後の上杉謙信）、永禄十二年（一五六九）には武田信玄に包囲されたが、見事に撃退している。戦国最強との評価もある両雄を退けたほどの城郭なら、そう呼んでも差し支えあるまい。ただ今回ばかりは、その居城に対する過信が、命取りの原因になるかも知れない。

徳川勢は城の東側に陣を敷いていた。背後に酒匂川《さかわがわ》を背負うも、前面には山王《さんのう》川《がわ》が流れて、天然の水堀の役目を果たしていた。徳川勢が受け持つ敵の城門は三ケ所である。山王口、渋取口《しぶとりぐち》、久野口《くのぐち》だ。友軍としては北方に織田信雄が布陣しているにはいるが、たぶん、何の役にも立たないだろうから、事実上、小田原城の東側面を徳川勢だけで支える格好だ。

茂兵衛は氏規を、まずは家康の本陣へと連れて行った。最終的には秀吉に謁見し降伏せねばならないが、家康と一緒の方が心強いだろうと考えたのだ。

「おお、美濃守殿……」

氏規の顔を見ると、家康は上座から駆け寄り、平伏する氏規の傍らにしゃがみ、涙を浮かべながら背中を擦り、その苦労を労《ねぎら》った。

「助五郎殿、ようも御無事で……三月末から八十日間もの籠城、お見事にございましたなァ」

「亜相様の御厚情を思い、恥ずかしながら生き長らえてございまする」

「左様か、左様か、まずは良かった」

と、家康はひとしきり氏規の背中を擦っていたが、やがて思い出したように、己が膝をポンと叩いた。

「ただ、詳しい話などは後回し後回し。まずは、関白殿下にお目通りを致しましょう。すべてはその後に。わずかでも遅れて、臍を曲げられては一大事にござればのう」

「御意ッ。仰せに従いまする」

家康は抱きかかえるようにして氏規を立たせ、二人して去りかけて、ふと足を止めた。

「なんだ、茂兵衛おったんか。図体がデカイ割には、影が薄いのう。おまん、老《ふ》け込んだのと違うか？」

「ははッ」

返す言葉もなく、取りあえず頭を下げた。

（まったく……どうして俺だけ、こうも扱いが悪いかなァ）

と、多少いじけかけたのだが——

「茂兵衛よ、此度《こたび》はようやった。褒めて遣わすぞ」

「はッ」

心中でニヤリとしながら、また頭を下げた。

口を開けば、茂兵衛を怒鳴りつけるか、からかうか、無理難題を押しつけるかの家康である。「ようやった」「褒めて遣わす」なら最大限の賛辞と受け取っていいだろう。

徳川勢の一番海側にある山王原《さんのうばら》と呼ばれる荒れ地の端に、茂兵衛の百人組は配置された。この地には本多平八郎隊と井伊直政隊も陣を敷いている。平八郎、榊原康政、鳥居元忠、井伊直政らは別動隊を率いて各地を転戦し、北条側の支城を幾つも開城させてきた。自然、誰もが上機嫌である。

「茂兵衛、遅いがや。ちょいと面ァ貸せや」

平八郎は、挨拶に訪れた茂兵衛を見るなり、床几を蹴って立ち上がった。

「どちらに」

「二人だけで話せるところよ。大事な話だからな。腹ァ括ってついてこい」

「ははッ」

（おいおいおい。腹を括れって……まさか、殺されるんじゃねェだろうなァ）

決して杞憂《きゆう》ではない。今までに二度か三度、確かに平八郎により茂兵衛は殺されかけた。先年は、騎馬隊と鉄砲隊で同士討ち寸前にまでいった。

（ふん。なんぼなんでも、殺されるまではねェか。大体よォ、このお方がその気になったら「人のいないところへ連れ出して殺そう」とか考えねェわな。面ァ見るなり首を絞めるとか、脇差でえぐるとかよォ……ああ、おっかねェ）

「あんの……」

肩を揺すって歩く大きな背中に向かって、おずおずと声をかけた。

「ん？」

歩きながら、振り返ることもなく平八郎が返事をした。道は砂交じりとなり、少し上っている。箱根の山の端に、夏の夕陽が沈もうとしていた。

「それがし、なんぞ粗相を致しましたか？」

「そうゆうことではねェ」

小高い砂の丘に上ると眺望が一気に開け、大海原が広がった。波の音と潮風が陣羽織姿の二人を押し包んだ。

「この辺でええわ」

と、歩みを止めた。井伊直政の陣がほど近いが、周囲は見通しがきき、むしろ密談にはもってこいだ。

「この二ヶ月《ふたつき》、ワシは徳川の支隊を率いて関東各地を転戦しとったんだわ」

「ほうほう」

「北条方はもう戦意喪失でなァ。すぐに降参するもんで面白くねェのよ」

「はあはあ」

「ほんで、小田原に戻ってきたら殿様に呼び出されてな。いきなり『関東はどうか？』と訊かれたから驚いたがね」

「関東は、どうか？」

「ほうだがや。や、実はな……」

秀吉は家康に、小田原落城後の論功行賞について相談を持ちかけたそうな。その中で、改易される北条氏の領地をすべて徳川に与える代わりに、現在の五ヶ国（三河・遠江《とおとうみ》・駿河・甲斐《かい》・信濃）を召し上げたいと持ちかけられたらしい。

「え、三河を返上でございまするか？」

「ほうだがや。論外だがや。秀吉の野郎、徳川と三河を切り離すことで神通力を奪おうとしとるんだわ」

「で、殿様はなんと？」

「なにせ、ああゆうお方だからのう」

平八郎が、月代の辺りを指先で掻いた。

「現在の百四十四万石が二百五十万石に増えると、脂下《やにさ》がっておられるがね」

「あらま」

二百五十万石は、ちと盛り過ぎかも知れないが、それにしても大幅な加増であることは間違いない。吝嗇《けち》なことで有名な家康、「加増」の一言には滅法弱い。

「では、駿府からこの小田原に移るのですな？」

「や、小田原ではねェようだわ」

「では、鎌倉を根拠地に？　由緒ある源氏の古都ですからなァ」

「鎌倉でもねェ」

「では、どこ？」

「おまん、江戸って知っとるか？」

「エド？　や、初耳ですわ」

当時の江戸は、湿地の中の寒村であった。江戸湾には利根川《とねがわ》が流れ込み、年に数回は大洪水に見舞われた。二百五十万石の太守が、わざわざ根拠地を構えるほどの土地柄ではなかったのである。

「なんでまた、そんな辺鄙《へんぴ》な土地に移るのですか？」

「知らんがね」

「一から居城を造れば、銭だってかかるでしょうが。殿様、吝嗇なのに」

「ほうだがや」

茂兵衛としては、この立派な小田原城を徳川の居城にすればいいと思う。現に北条氏は百年にわたり、ここから関東各地を差配してきたのだ。その北条流の制度をそのまま踏襲すれば簡単だし、混乱も起きにくい。わざわざ水害の多い寒村に一から本拠地を築く理由が分からなかった。

「それでな」

「はあはあ」

「徳川の領地がこれだけ大きくなれば、なんぼ吝嗇な殿様でも、家来に加増しねェわけにもいかんだろう」

「確かに」

「で、ワシと小平太《こへいた》（榊原康政）は、十万石頂戴することになった」

「十万石！　お、おめでとうございまする」

この時点では、まだ領地がどこになるのかまでは決まっていない。「平八郎と小平太には、大体十万石だな」程度の話だろう。

「ただ、上には上がおってな」

と、忌々しげに、井伊直政の陣地に向けて顎を杓《しゃく》った。

「拾遺様でございまするか？」

「十二万石だと」

「ほお」

この時点で、徳川譜代衆の中で最大の版図となる。一方、驚いたのは本多正信だ。彼は家康に、わずか一万石の領地を求めたという。

「ワシは佐渡守の奴が大嫌いだが、今回ばかりは野郎の知恵に感服したわい」

「というと？」

正信は家康の謀臣である。いつも傍近くに仕えている。もし彼が大封を得れば、家内から不満の声が出るだろう。ひいては「依怙贔屓《えこひいき》だ」と家康の仕置きにまでケチがつく。それを回避するため、正信は一万石しか求めなかったのだ。

「で、な」

「はい」

「おまんは、一応ワシの舎弟とゆうことで『せめて一万石は欲しい』と粘ったのだが……ダメだった。これで我慢してくれ」

と、籠手《こて》をはめたままの右手を一度大きく開き、それから二本を折った。

「さ、三千石？」

「不満か？」

平八郎が、不安げに茂兵衛の目を覗き込んできた。

現在の茂兵衛は千二百貫を食《は》んでいる。ざっくり「一貫を二石」で計算すると二千四百石だ。三千石ならそこそこの加増である。一ヶ村の米の収量は、大体三百から五百石だから三千石の知行取りは、七、八ヶ村の領主ということだ。軍役《ぐんえき》は七、八十人だろうか。

(ほとんど殿様ではねェか。押しも押されもせぬ国衆だがね。不満なんぞあるもんかい。それに佐渡守様の話を聞いた後に、下手なことは言えんわな)

「とんでもございません。ありがとうございまする。大満足にございまする」

「ほうかい。ほうかい。ホッとしたわ」

ここで平八郎は、今日初めて莞爾《かんじ》と笑った。このことで呼び出されたのだろう。「殺されるのか」なんぞと心配して損をした。

「おまんがブツクサゆうたら、どうしようかと心配しとったんだわ、ガハハハ」

平八郎の屈託のない笑顔が、夕陽に赤く染まっていた。

五

家康はその日のうちに、氏規を早雲寺の本営へと連れて行った。降将を謁見した秀吉の機嫌は良好で、氏規は秀吉に臣従を誓った上で、家康に預けられることになった。

氏規は、北条の外交担当として和平に向けて大坂、駿府などを幾度も行き来した。しかし開戦となるや最前線の城に籠り、八十日間にわたって善戦したのだ。それらの事実を家康は過不足なく秀吉に伝えたので、秀吉の氏規に対する好感度は鰻《うなぎ》上りである。誠実なる平和主義者だが、一朝有事となれば誰よりも勇猛に戦う者――いかなる時代にも好まれ、尊敬される人材だ。今後は秀吉の使者として小田原城の兄氏政や甥氏直の説得に動くことが期待されている。

家康は早速、その夜にでも氏規を城内に派遣することを提案したが、秀吉はこれを容れなかった。

「亜相殿、慌てるでない。明朝まで待たれよ。明日の方がええ。明日になれば、氏政めは必ず聞く耳を持っとるはずだがや」

と、妙なことを言い、ニヤニヤと笑ったそうな。

その翌日。天正十八年（一五九〇）六月二十六日は、朝から夏空が広がった。入道雲が湧き、午後の暑さが思いやられた。

秀吉が発した謎の言葉の意味はすぐに解けた。

笠懸山山頂で築城を進めていた陣城が、遂に完成したのである。しかも秀吉は、これまでわざわざ陣城の普請場と小田原城の間の森を伐採しないように命じ

ていた。当然、木々に遮《さえぎ》られて小田原城内からは、陣城の普請が進んでいること
が窺い知れなかった。
「森を払え！」
普請奉行を務めた築城名人の黒田官兵衛《かんべえ》が采配を振ると、近隣から集められた
数千名の杣人《そまびと》が、一斉に目隠しとなった森の木々を伐採し始め、夏蟬たちは鳴り
を潜めた。
その後、ほんの半刻（約一時間）の間に、見慣れた笠懸山山頂に巨大な城郭が
出現したのだ。しかも、空堀を穿《うが》った残土を盛り上げ、土塁としただけの陣城で
はない。本格的な総石垣造りである。それを見た小田原城兵が、腰を抜かしたの
は言うまでもない。
「秀吉めは……妖術を使いおるのか」
やがて驚きは恐怖へと、その後は絶望の奈落へと籠城者たちを突き落とした。
ただ、実態を探れば、本物なのは石垣と矢倉だけで、漆喰の壁は白紙を貼った
だけだったし、工期も四月一日に着工して八十日間を要していた。決して一夜城
ではなかったのである。さらに、小田原から見える側は五町（約五百四十五メー
トル）もあり、見えない側は二町（約二百十八メートル）しかなかったから、い

かに小田原城からの見映えのみを意識していたかが窺い知れよう。ちなみにこれ以降、笠懸山は「石垣山《いしがきやま》」と呼ばれることになる。

万事に慎重で、面白味のない性格の家康は、この一夜城を眺めることで、秀吉とその政権の根底にある虚妄性《きょもうせい》、脆弱性《ぜいじゃくせい》を看破したのかも知れない。

（ふん。豊臣の天下は、秀吉めの知恵と運が、忠義も正義も知らねェ欲深な下人共の利害を糾合《きゅうごう》し、無理に成立させた砂上の楼閣よ……秀吉は幾つだ？　奴が早うに死ねば、あるいはワシにも天運が……）

と、このとき確信したか否かは、さすがの茂兵衛にも分からない。

この石垣山一夜城の情報は、小田原城を隔てて一番遠くに位置する山王原の徳川陣地にも即日伝えられた。茂兵衛としては、駿府で待つ寿美や綾乃《あやの》への土産話《みやげ》に丁度いいので、一度その城を眺めてみたかったのだが、現状はそれどころではなかった。

家康が起請文を差し出した黄瀬川《よこせかわ》の宴《うたげ》に同席し、最高実力者の氏政とも面識があるということで、茂兵衛は、氏規に同道し、小田原城へと入ることになったのである。

（なんで俺なんだよォ）

と、ガックリきたのだが、あの折、宴に同席した徳川側の頭立《かしらだ》つ者は家康の他にはほんの数名だった。酒井忠次は現在、眼病を患いほぼ失明状態である。榊原康政は鯨飲《げいいん》して泥酔していた。甚《はなは》だ印象が宜しくない。となると――

「たァけ。おまんしかおらんがや」

と、家康から睨まれた。韮山以来、氏規とは浅からぬ仲ではあるし、氏政とも海老踊りを共に踊った間柄であれば、ここは致し方あるまい。なんとかなるだろうと高を括ることにした。

氏規と轡《くつわ》を並べ、惣構え東端の山王口から小田原城内へと入った。町屋や農村の間を四半里（約一キロ）ほども進んだ。田圃《たんぼ》には、青々と稲が育っていた。小田原城の強さの一つに、城内で作物が穫れることが挙げられる。土地が広ければ兵糧庫の面積もゆとりをもって取れよう。この城、兵糧攻めでは落とせないのだ。

東に向いた大手門前へと出た。巨大な城門を潜れば、そこはもう水堀に囲まれた三の丸で「豊臣からの使者は氏規様」と聞き及んだ多くの北条衆が押し寄せ、人集《ひとだか》りのようになっていた。

氏規が韮山城で奮戦したことは小田原城内にも伝わっているようで、群衆からの声は、おおむね好意的なものだったが、中には——

「美濃守様、示し合わせて徳川とは一切戦火を交えなかったそうですな。その真相やいかに？」

「しょせんは秀吉の間者よ」

「戦っている格好をしておられただけのお方だからのう」

などと罵倒《ばとう》する声もあるにはあった。茂兵衛の脳裏に、風魔の二文字が微かに過《よぎ》った。茂兵衛はチラと氏規の表情を窺ったが、彼は凜然として前を向き、動じる風がなかった。

北条氏政は、四年前に黄瀬川で会った頃に比べ、だいぶやつれて見えた。

今朝の石垣山城の出現は、彼のやつれにいかほどの影響を及ぼしたのであろうか。

氏政は茂兵衛のことを覚えていなかったが、それでも丁寧な態度で迎えてくれた。氏政は、兄に降伏を進める氏規に「継戦か降伏かで、もう一ヶ月《ひとつき》も評定を続けている」ことを告げ嘆息を漏らした。

（ひ、一ヶ月も評定を？）

茂兵衛は呆れたが、同時に氏政の人柄がよく出ている逸話だとも感じ入った。結論がなかなか出ないということは、それだけ非強権的な評定をやっているということだ。これが信長や秀吉なら、議論を制して自判したろうし、あまり強権的でない家康でも、茂兵衛を当て馬に使うか、正信を悪者に仕立てて、議論の趨勢を自分が望む方向へと導いたはずだ。

さしたる英雄豪傑とも見えぬ氏政だが、その家族や家臣への愛情深さ、寛容さは衆目の認めるところである。氏照、氏規、氏邦――どれも出来のいい弟たちが、誰一人反旗を翻《ひるがえ》すことなく、凡庸な兄に仕え、支え続けているのを見れば、氏政の気立ての良さが本物である証だと感じられた。

（氏政公は、生まれてくる時代をお間違えになったのやも知れんわなァ）

と、心中で呟いた。もう少し穏やかな時代に、大百姓の家にでも生まれていれば、寛容な旦那様と慕われて、家族からも一目置かれ、穏やかで豊かな人生を送れたのではあるまいか。

「植田殿、植田殿？」

「あ、はい」

物思いに耽《ふけ》っていると、つい話を聞き漏らして大恥をかくことになる。恥ならまだしも、お役目の支障となっては一大事だ。これも年のせいか、それとも生来のボンクラなだけか。

「貴公、大久保七郎右衛門殿とは御昵懇《じっこん》か？」

氏政が茂兵衛に質した。口振りからして、あまり楽しい話題ではないようだ。

「元の上役にございまする。付き合いは長うございまする」

と、答えて様子を窺った。

開戦前、大久保忠世が氏政に、度々使いを寄越していたことが語られた。

「使いの者は誰もが『今の豊臣政権には、大軍を小田原へ送るだけの余力はないから御案じあるな』と申して帰るのよ」

「な、なんと」

強い違和感を覚えた。

忠世は、石川数正出奔後、徳川の宿老の中で最も秀吉に近い人物だ。その忠世が、豊臣政権の弱味を北条に伝えるはずがない。しかし氏政は、数通の書状を取り出して示した。すべて忠世からの文であるそうだ。

「事ここに至れば、今さら隠すことはなにもない。よろしければ御覧じろ」

と、ぞんざいに投げて渡された紙片のどれにも、秀吉の「北条討つべし」は虚勢を張っているだけで、大坂方にその余力はないこと。いざとなれば徳川は北条とともに戦うことが明言されていた。

(七郎右衛門様、こりゃ酷《ひで》ェわ。一体なにを考えておられたのか?)

真田昌幸や石川数正がほのめかした数々の言葉が、茂兵衛の頭の中で飛び交い錯綜した。

(詳細は分からねェが、氏政公と北条が、悪党に一杯食わされたことだけは、まず間違いねェところだわなァ)

「な、なんと申し上げてよいものやら、それがしには言葉もございませぬ」

茂兵衛は、只々平伏するしかなかった。

本丸御殿からの帰途、氏規が茂兵衛に馬を寄せ囁いてきた。

「大久保殿の件、背景が明らかになるまで、他言せぬほうが無難ですぞ。誰がどこでどう動いておるのやら、今は分からぬ」

「た、確かに……御忠告、かたじけない」

と、茂兵衛は言って頷いた。

第四章　戦後処理

一

石垣山《いしがきやま》の陣城《じんしろ》が完成し、秀吉は箱根湯本《はこねゆもと》の早雲寺《そううんじ》から石垣山城へと本陣を移した。秀吉は石垣山城に帝《みかど》の勅使《ちよくし》を招き、大坂《おおさか》から淀殿《よどの》を呼び寄せ、陣城での日々を賑《にぎ》やかに、煌《きら》びやかに過ごしていた。

陣城完成の八日後、七月五日。小田原城主《おだわらじようしゆ》北条氏直は城門を出て、秀吉に降伏を申し出た。

自身の切腹をもって、城兵全ての赦免を願い出たのだ。

秀吉の裁定は早かった。まず、北条家は改易。北条家当主氏直は、勲功抜群の家康の娘婿である故をもって罪一等を減じる。つまり切腹はないということだ。

今後の処遇に関しては「追って沙汰する」こととした。

なお、先代当主で事実上の采配を振るっていた北条氏政、一門衆を代表して氏政の実弟である八王子城主《はちおうじじょうしゅ》の北条氏照、家臣団を代表して、家老の松田憲秀《のりひで》と、同じく家老で河越城主《かわごえじょうしゅ》の大道寺政繁《だいどうじまさしげ》。以上の四人は「開戦に責任あり」として切腹を仰せつけられた。

七月十日、氏政と氏照は小田原城から出て家康の陣所へと入った。翌日には城下の医師宅へ移動し、腹を切る運びである。

その夜、茂兵衛は榊原康政から呼び出され、彼の陣所へと向かった。

「話とゆうのは他でもねェ」

榊原康政が声を潜めた。その声はハキとしている。息にも酒の香りはない。どうやら今夜はまだ一滴も飲んでいないようだ。素面《しらふ》でさえあれば、彼は信用が置ける。若い頃は僧侶を志したほどで、達筆だし学識もある。平八郎と違って常識人なのだ──素面ならば。

「明朝、氏政公と氏照殿はお腹を召される。ワシは検使役に任ぜられたわ」

「それは、御苦労様にございまする」

「介錯人の名を聞いて驚いた。秀吉公直々の御指名なのだそうだが……誰だと思うね？」

「……さあ」

「氏規殿だとよ」

「え」

茂兵衛も驚いた。兄弟仲がよいことで知られる北条一族である。別《わ》けても氏政、氏照、氏規の三人は同母兄弟だ。絆《きずな》の深さが違う。それを承知で命ずるところに秀吉の底意地の悪さを感じてしまうのだ。

「兄貴二人の首を落とした氏規殿……なかなか正気ではおれまいよ」

「御意ッ。恐らくは御自分も自刃《じじん》しようとされるでしょう」

「だわな。で、おまんはどう思うね？」

と、身を乗り出して、茂兵衛の目を覗き込んできた。

「どう、とは？」

「死なせてやるのが、武士の情けだとは思わんのか？」

「氏規様が自刃すれば、そんなもの、秀吉公の思う壺にございますよ」

「よしッ、それでええ、茂兵衛の心底見届けた。ハハハ」

榊原がニタリと笑った。

「そこでな。氏規殿の自刃を止めるのが、おまんの役目だがや」

そもそも、血刀を手に半狂乱になった武士を、飛びかかって制圧できる猛者《もさ》は
そうそういない。また、氏規と茂兵衛は、黄瀬川での宴《うたげ》や韮山城《にらやまじょう》でも縁があっ
た。「茂兵衛こそ誰よりも適任」と家康や正信も了承した人選らしい。

「承知しました」

「やってくれるか？」

「乗りかかった船と申します。氏規様とは、もう心中するつもりで参りますわ。

それに……」

「それに？」

「氏規様は、心正しく聡明なお方なので、それがしとしましても、『心中のし甲
斐』がございます」

「ハハハ、ま、頼んだぞ」

素面の好漢が苦く笑い、身を乗り出して茂兵衛の肩をポンと叩いた。

祖父の代から北条氏の典医を務める田村長傳《たむらちょうでん》（安栖《あんぜい》）邸が北条氏政、氏照兄
弟の終焉の地となった。

切腹——その始まりは、永延《えいえん》二年（九八八）の藤原保輔《ふじわらのやすすけ》とも、文治《ぶんじ》五年（一八九）の源義経《よしつね》とも伝わる。面目を重んじる武士が、わざわざ苦しみの多い自裁方法をとることで、己が名誉や潔白、無実を主張した。当初は只々凄惨なだけの死に方であったが、天正《てんしょう》十年（一五八二）の備中高松城《びっちゅうたかまつじょう》、清水宗治《むねはる》の死に様があまりにも堂々としており、美的かつ華麗であったため、切腹に対する審美的な評価、憧れが武士の間に広まったとされる。

辰《たつ》の刻（午前八時頃）、甲冑《かっちゅう》姿の五人の検使役が見守る中、白小袖に浅葱《あさぎ》（極明るい青色）の裃《かみしも》姿の氏政と氏照が姿を現した。部屋の隅には、青褪めた表情の氏規が控えている。介錯人である氏規は麻裃《あさかみしも》姿だ。茂兵衛は、いつでも飛びかかれる距離で、油断なく氏規の一挙手一投足《いっきょしゅいっとうそく》から目を離さないようにしていた。無論、茂兵衛も甲冑姿である。

「検使役、石川貞清《いしかわさだきよ》にござる」

石川が氏政と氏照に目礼し、以下、佐々行政《さっさゆきまさ》、蒔田広定《まいたひろさだ》、堀田一継《ほったかずつぐ》が順に名乗り、最後に榊原康政が名乗った。

「皆々様、御苦労様にござる」

答礼する氏政は堂々としている。傍らの氏照もまた同じだ。天下人に歯向かって戦い、敗れたのだから、今さら恨みやつらみはないのだろう。ただ、後悔の念はどうであろうか。

いずれにしても、北庄《きたのしょう》の柴田勝家《しばたかついえ》や、岐阜城《ぎふじょう》の織田信孝《のぶたか》のように、腹を切った上で錯乱し、中の腸《はらわた》を自ら摑み出し、投げつけるような素振りはなく、茂兵衛としてはホッとしていた。

（俺ァ若い頃から、凄惨な光景は苦手だったからなァ）

野場城《のばじょう》で初めて鎧《よろい》武者を倒したとき、首を切るのを躊躇《ためら》っていたら、横から誰かに突き飛ばされて「貰い首」されてしまったものだ。ちなみに、その鎧武者とは横山左馬之助の実父であった。そんなこんなで、茂兵衛も相当に青い顔をしていたとは思うが、ただ、この二十畳ほどの居室内で、最も表情が硬いのは明らかに氏規であったろう。

（同腹の兄貴二人の首を落とすんだ。そりゃ嫌だがね）

実の弟に介錯させるのは、氏政氏照兄弟への「最大限の敬意の表出」と秀吉は己が寛大さを自画自賛しているらしい。だが、果たして本当にそうなのだろうか。茂兵衛には、単なる嫌がらせにしか思えない。

推察するに、本来秀吉は、北条一族を根絶やしにしたかったのではあるまいか。ところが、北条とは縁戚関係にある家康が助命を嘆願してきた。家康は、此《こ》度《たび》の小田原征伐における最大の功労者だ。山中城《やまなかじょう》攻略、韮山城攻略、氏政らの説得には常に徳川が枢要な役割を演じた。さらに、本多平八郎らの重臣《おとな》たちは、支隊を率いて、関東各地を転戦した。赫々《かくかく》たる武勲だ。秀吉は、天下人としての鷹揚《おうよう》さを見せねばならない。内心不満だったが家康の顔を立て、氏直と氏規、氏邦らの命を助けたのではあるまいか。で、その反動が、弟に兄貴二人の介錯をさせるという悪趣味に表出してしまった——この茂兵衛の見立て、決して間違っているとは思えない。

三宝《さんぽう》に載せられた短刀を、若い侍が押し戴くようにして、氏政と氏照の前にそれぞれ置いた。

「氏政殿、そろそろ」

「畏《かしこ》まってござる」

石川貞清に促された氏政が、裃の肩衣《かたぎぬ》を外し、短刀を手にした。音もなく氏規が長兄の背後に立ち、スラリと打刀を抜き放つ。

左手で小袖の前を大きく寛《くつろ》げた氏政は、振り返って氏規を見上げた。大刀を提げて立つ氏規の両眼は、すでに涙が溢れている。

「助五郎、腹を括れ！　北条侍の意地を見せてやれッ」

「はいッ、兄者」

氏規は拳で涙を拭い、一つ大きく息を吐き、刀を構えた。兄貴の一言で、腹が据わったようだ。

「では」

と、検使役たちに会釈した後、短刀を左腹に深々と突き立てた。白い小袖が見る間に朱に染まる。そのまま右腹まで一気にかっ捌《さば》いた。

「か、介錯を……」

震える声で氏政が言った。

「御免ッ」

氏規の大刀が一閃《いっせん》し、氏政の首はゴロンと前へ落ちた。体側の切り口から血《ち》飛沫《しぶき》が音を立てて一間（約一・八メートル）近くも噴き出した。氏政の首は若侍がすぐに拾い上げ、正面を検使役たちに見せ確認を受けた後、別室へと持ち去った。

氏照も兄と同じように短刀を持ち、小袖の前を寛げてから氏規を振り返って見上げた。

「助五郎、綺麗に斬ってくれよ。スパッとな」

氏照は、ニヤリと笑って言い、頷いた。

「心得たッ」

その場にいる者、榊原康政をふくめて、誰もが泣いていた。しかし、茂兵衛のみはそれどころではない。

(俺ァ泣いてる場合じゃないがね。二人目の兄貴の首を刎《は》ねた後、氏規様は確実に自刃されようとする。この空気だ。間違いねェ。飛びついて押さえ込んで……自刃なんぞさせてたまるかい)

もう役目云々ではない。こうやって北条の血が根絶やしにされていくことへの反発、陰険な秀吉への憤懣《ふんまん》が強くなってきている。絶対に氏規には生きていてもらう。これはもう意地でも実現させる。

「では」

氏照が、短刀を腹に突き立てた。これも深い。ブスリと来た。一尺(約三十センチ)以上ある刀身の半分所が体の中に埋まっている。左手で柄頭《つかがしら》を押さえ、右手一本で右腹までかっ捌いた。氏政のとき以上に夥《おびただ》しい出血だ。腹の奥を走る、太い血の管を断裂させたらしい。

「御免ッ」

再び氏規の大刀が一閃し、注文通り、綺麗に氏照の首は落ちたが、血飛沫は氏政のときほどではなかった。腹腔内で血が溢れ、首から噴き出すほどの圧がなかったのかも知れない。

氏規が血刀を提げたまま部屋の隅にうずくまり、皆に背中を向けた。

「茂兵衛ッ」

榊原が叫んだが、もうその前に茂兵衛は駆け出していた。

ドンと脇腹のあたりに体当たりを決め、機敏に背後へと回って両腕を羽交い締めにした。ねじ伏せるようにして畳の上へと押し倒した。

「頼む、放してくれェ。武士の情けじゃ」

「そうも参りませぬ」

氏規は泣き狂いしながら、手足をバタバタと振り回した。二人は絡まりながら、畳の上をゴロゴロと転がる。男二人分の血が撒き散らされた上を転がるのだ。茂兵衛も氏規も血塗れになった。

「実の兄二人を、この手にかけたのじゃ」

氏規が呻《うめ》いた。

「この上、ワシ一人がおめおめと生き長らえておられようか」

氏規は大刀を手にしている。兄二人の血を吸った刀だ。目は血走り、声は上ずっている。危なくて誰も近寄れない。

「茂兵衛、放すなよッ」

恐る恐る近寄ってきながら、榊原が吼《ほ》えた。

（たァけ、誰が放すかいッ）

榊原の「言わずもがな」に焦《じ》れ、心中で吼えた。

「たとえ生き恥を晒すとも、北条家の今後を思えば、美濃守様は死んではならぬ。氏直公をお支えするのが貴方様のお役目にござる！」

氏規の背中で茂兵衛が叫んだ。

「死なせてくれェ！」

隙を見て身を寄せた榊原が、氏規の右手から大刀をもぎ取り、氏規に顔を近づけ、怒鳴りつけた。

「死ぬのは、いつでもできる！」

榊原と氏規は、わずか三寸（約九センチ）の距離で睨み合ったが、やがて氏規の方が折れた。

「く、糞がッ」

茂兵衛の腕の中で、はち切れんばかりに力《りき》んでいた氏規の力《ちから》が徐々に萎《しぼ》んでいった。

「ひ、秀吉の下衆《げす》がァ」

歯を食いしばり、呻くように低く呟いた。地獄の底から湧き出たかのような声だ。茂兵衛は豊臣方の検使役たちを窺ったが、聞こえた風には見えなかった。慌てて氏規の口を手で塞ぎ、

「御分別を」

と、耳元に厳しく囁《ささや》いた。

二

七月十三日、秀吉は石垣山城を下り、小田原城へと入った。

同日、徳川家康の関東移封が発表された。与えられる新領地が総計二百四十万二千石であることも公表された。

事実上、六月の段階からヒソヒソと囁かれていたことでもあり、徳川衆の間で

大きな混乱は起きなかった。なにせ百四十四万石が、二百四十万二千石に大化けするのだ。家臣たちの俸禄も、それなりに増えることが見込まれる。誰もが内心ではほくそ笑んでいた。

それでも、三河《みかわ》以来や安祥《あんじよう》以来の家臣であることを己が矜持とする古豪衆の中には、不満を口にする者もいるにはいたが、それも「加増」という餅の前では、大きな動きとならなかったのである。各々の加増幅はいかほどか、新采地は誰がどこになるのか、すべては今後、九月までには詳細が明らかになるそうな。今ここで不満を露わにし、家康の不興を買えば、加増や采地の選定で不利益を蒙《こうむ》るかも知れない。いつもは「うるさ方」で通る重臣たちも、今回ばかりは口を閉ざしていた。

(ほう。秀吉のお陰で、殿様の懸案が一つ消えたなァ。皮肉なもんだがや)

と、あまり加増に興味のない茂兵衛は、家康と家臣団との関係性の変容を、第三者的な見地から楽しんで眺めていた。

三十年前の家康は、三河半国の領主から始めた。その頃の三河は、強国に囲まれて毎日が風前の灯火。三河衆は家康の下に結束し、犬のように忠実であり続けたのだ。それが遠江《とおとうみ》を獲り、駿河《するが》を獲得し、甲斐《かい》、信濃《しなの》——気づけば五ヶ国の太守となってしまった。

広大な領地を家康が直接支配することは難しい。止むを得ず、心きいたる家臣を地方に奉行として派遣するようになった。ここで人の浅ましさが表出し始める。地方の奉行たちは、その地の国衆たちを当初は寄騎化し、その後は家臣化し始め、あたかも独立した大名の如くに振る舞い始めたのだ。鉄の結束を誇る三河衆に、遠心力が効き始めた時期である。もし家康が強い言葉で詰《なじ》れば、国境《くにざかい》を跨《また》いで隣国と通じる可能性すらある。家康は頭を抱えたはずだ。

危機感を募らせた家康は、本多平八郎、榊原康政、井伊直政らを己が傍から決して離さなかった。浜松城《はままつじょう》や駿府城《すんぷじょう》に常駐させ、居城を与えることすらしなかった。小なりとはいえ、茂兵衛の鉄砲百人組も同じ話として考えて差し支えない。徳川家の中での最精鋭部隊を手元に置き続けることで、家康は己が小さな帝国をバラバラにしかねない遠心力に対抗したのである。

それが今般、大規模な領地替えにより、家康は家臣それぞれの生殺与奪の権を握るに至った。しかも、天下様である関白《かんぱく》秀吉からの命令による国替えだから、誰も文句は言えない。派遣された地方を領国化しつつあった奉行衆を、土地から引き剝《は》がし、なんなら力を削ぎ、家臣団を再編成することが可能になったのだ。

「殿様、機嫌がええわけだがね。へへへ」

鞍《くら》から身を乗り出した茂兵衛が、轡《くつわ》を並べる辰蔵に囁き、下卑た声で笑った。

「シッ。秀吉がやってきたど」

所は小田原城三の丸の大手門前。時は七月十六日である。新暦に直せば八月の十五日だから、周囲で鳴き交わす蟬《せみ》の声にも、わずかに寒蟬が交じってきている。まだまだ暑いが、そろそろ夏も終盤だ。

この日、秀吉は二万の旗本衆を率いて小田原城を発《た》ち、東へと向かう。武家の都、鎌倉《かまくら》を経て十九日か二十日には江戸城に入る予定だ。家康は秀吉を出迎える準備のため、平八郎たち主力を率いて一足先に小田原城を発っている。

茂兵衛が率いる鉄砲百人組は、小田原居残りを命じられた。完全武装で大手門前に整列し、今は秀吉の行列を見送っている。

「おい見ろよ。秀吉の奴、兜《かぶと》を被《かぶ》っとるぞ」

「ふん。まだ戦《いくさ》をやり足りねェらしいや。なにが惣無事令《そうぶじれい》か」

辰蔵と茂兵衛の不遜なやり取りを耳にした左馬之助が「お声が大きい」と小声で窘《たしな》めて二人を睨んだ。

秀吉はすぐ前にきた。葦毛《あしげ》の馬に跨《またが》り、有名な一《いち》の谷馬藺後立兜《たにばりんうしろだてかぶと》を被っている。猩々緋《しょうじょうひ》の陣羽織も煌びやかに、威風堂々《いふうどうどう》と近づいてきた。

「百人組、頭《こうべ》を垂れッ」

左馬之助の号令で、整列した足軽たちが一斉に俯いた。茂兵衛と辰蔵もそれに倣《なら》った。

「よお、茂兵衛、達者かァ？」

名を呼ばれ、慌てて顔をあげた。ド派手な兜の下の小さな顔が笑っている。

「関白殿下のお陰をもちまして、なんとかやっておりまする！」

ドギマギしながら、やっと言えた。

「ほうかい。おみゃあの嬶《かかあ》は、ドえらい別嬪《べっぴん》らしいのう。まるで牝牛の如き太り肉《じし》だそうだな。一度しゃぶらせろや、ガハハハ」

この問いかけに、答える必要はなかろう。精一杯に微笑《ほほえ》み、幾度か頷いておいた。これでいい。確かに、秀吉の形容は正しい。それを言うと寿美は激怒するだろうが。

秀吉を見送る徳川勢の中には、家康も平八郎も、榊原康政も井伊直政もいない。小田原城居残り組の徳川勢を代表しているのは、大久保忠世である。

奉行として赴任した土地を領国化し、大名然として振る舞い始めた三河衆の一人にこの大久保忠世がいる。亡き氏政公から伝え聞いたところによると、どうやら秀吉に接近しているらしい。

現に、今回の徳川の関東移封において、大体の石高は重臣たちに提示されているものの、「誰の領地はどこ」との具体的な話は、これからのはずだ。ところが一人忠世だけは、すでにこの時点で、小田原城を与えられることが決まっていると聞いた。秀吉の「小田原城には、ぜひ七郎右衛門を」との意向が強く反映された形だ。

さらに秀吉は「七郎右衛門には大封を」とも促したらしい。さすがに家康はこれを突っぱね、忠世には四万石の領地しか与えないことにした。井伊直政の十二万石、平八郎と榊原康政の十万石に比べると、かなり見劣りする。

「奴に十万石ぐれてやると、なぜか秀吉が喜ぶからのう。最近の七郎右衛門はどちらを向いとるのか、よう分からん」

と、家康が零《こぼ》したとか、零していないとか。

「四万石の分際では、この巨城はちと持て余しそうではねェか？」

前を通過していく秀吉の幕僚たちに会釈しながら、茂兵衛は、辰蔵に小声で囁いた。城の維持管理費も馬鹿にはなるまい。惣構えは外すにしても、小田原城は、四万石の領主にはデカ過ぎるのだ。

「そもそも、四万石の軍役《ぐんえき》は千人程度だろうさ」

辰蔵もニヤリと冷笑して応じた。

軍役は、ざっくり四十石当たり一人と考えると大きく外れない。一万石なら二百五十人。十万石なら二千五百人の軍役となる。

「大体よォ。千人でこの城を守れるのか？」

巨城を少ない城兵で守ると、あちこちに穴ができる。昼夜二交代制を採ることも難しいから夜襲に弱い。反対に、小城に大人数で立て籠《こも》ると、すぐに兵糧が尽きてしまう。要は、ちょうどいい塩梅《あんばい》が肝要なわけで——狭い領地に広大な城、大久保忠世、なかなかに苦労しそうだ。

もっとも、忠世の四万石が特に低いわけではない。

基本的に家康は吝嗇《けち》だし、表面上は兎《と》も角《かく》、本音《ほんね》の部分では家臣を信用していないように茂兵衛には映る。大封を与えると「自分の言うことをきかなくなる」と頑なに信じている節がある。だから移封後も、井伊、本多、榊原の三家が特別なだけで、他には大した加増がなかったのだ。幼少時からの股肱《ここう》である鳥居元忠が四万石、家老酒井忠次の後を継いだ家次《いえつぐ》は三万石。娘婿の奥平信昌《おくだいらのぶまさ》も三万石。他は推して知るべしであろう。家康にすれば——

「たァけ。大坂方に転びかねない七郎右衛門に四万石なら、大盤振る舞いだがね」

で、あったのかも知れない。

「あれ？」

茂兵衛は、ふと思い当たった。

秀吉の行列を見送った後、現在百人組は隊列を組み、陣所のある山王原《さんのうばら》へと向かっている。

「どうした？」

傍らで馬を進める辰蔵が質《ただ》した。

「や、なんでもねェわ」

一応は言葉を濁したが、頭の中では様々な考えが駆け巡っていた。

（寿美の体つきとか、どうして秀吉が知ってんだ？）

美貌は兎も角、肉感的な体つきまでは情報が詳細に過ぎるだろう。

（秀吉の奴、徳川に間者を入れとるんではねェかな。平八郎様や小平太様の内所など知っておけば、後々役に立つやも知れんしなァ。つくづく、嫌な野郎だわあ

なァ）

その一環として、茂兵衛も調べられ、寿美の体形が秀吉に知られたと。

（ねェこともねェわなァ。大体、七郎右衛門様からして、間者みてェなもんだからなァ。平八郎様と小平太様には一言用心を促しておかねばならんわなァ）

陽気に明るく振る舞ってはいるが、秀吉は案外腹が黒い。

（秀吉のような悪党が相手となると、いつもは閉口する殿様の性質《たち》の悪さが、むしろ頼もしく感じるわなァ。家康公なら、秀吉に騙されることもあるめェよ。殿様も相当な悪党だからなァ）

「へへへ、へへへ」

物思いをしながら、一人笑う義兄を、辰蔵が呆れ顔で見つめていた。

同じ七月十六日。十一日に切腹して果てた北条氏政、氏照兄弟の首が、京の聚《じゅ》楽第《らくだい》前の橋に晒された。腐敗を遅らせるため、二つの首級は塩漬けにされて京へと送られたが、季節は夏である。想像を超える醜悪《しゅうあく》な見世物になったのではあるまいか。

北条家当主の氏直にも処分が下った。高野山《こうやさん》での蟄居《ちっきょ》である。

死罪でないことは予《あらかじ》め分かっていたが、僻地《へきち》への遠島や流罪も考えられた。総じて、かなり軽い処分だと言えよう。

氏直に引き続き、氏規にも高野山での蟄居処分が下された。甥と叔父で「一緒に反省せよ」との趣旨だろうか。高野山がある紀伊国《きいのくに》までの警護役（事実上の護送役ではあろうが）には、茂兵衛が選ばれた。

この辺は「顔馴染《かおなじみ》の方がええだろう」との家康の配慮もあったのだと思う。氏直とは初対面だったが、氏規と茂兵衛は今や、鮮血の海を抱き合って転げまわったほどの深い仲である。

茂兵衛は、氏直と氏規の警護に、鉄砲百人組全隊を投入することに決めた。

小田原城は、ほぼ無傷で開城した。五万とも六万とも言われる城兵の多くは、命こそ救われたものの、禄を失い路頭に迷っているはずだ。自棄《やけ》を起こし、旧主氏直を推し戴いて「もう一戦《ひといくさ》」と考える輩《やから》が、十人百人と徒党を組んでもおかしくはない。

忠世が気をきかせて、騎馬武者十騎と槍足軽五十人を貸与してくれた。鉄砲百人組の攻撃力、防御力は無双だが、やはり足が遅いのと白兵戦を苦手とすることが弱点だ。その意味で機動力の高い騎馬武者十騎、白兵戦に強い槍足軽五十人は本当にありがたい。日頃から忠世には言いたいことがごまんとあるが、こういう気働きだけは、素直に感謝すべきだろう。

七月二十一日。氏直と氏規、茂兵衛と鉄砲百人組は小田原城下を出発した。

小田原からの旅程は以下の通りだ。まず東海道《とうかいどう》を西へと進み、伊勢国《いせのくに》は鈴鹿関《すずかのせき》の追分《おいわけ》で南へと折れ、伊賀国《いがのくに》を経て紀伊国に至る。総距離百二十五里（約五百キロ）、片道二十日はかかる大遠征だ。そして、氏直以下の北条衆には当面、復路の予定はない。

五代百年続いた北条氏が、いよいよ小田原の地を離れるのだ。一族の結束が固く、国衆たちへの軍役賦役《ふえき》も穏当で、領民には善政を敷いた。印鑑を用い始めたのは北条氏が魁《さきがけ》であり、公文書に押された虎印判などはとくに有名だ。城郭への造詣《ぞうけい》の深さは、北条流築城術と称されるまでになった。

かくの如く、北条氏がいかによき領主でも、力及ばざれば滅ぼされるのが戦国の倣いである。そこは仕方ないのだろうが、彼らの場合、たぶんに時勢を読み違えた感がなくもない。茂兵衛などからすれば、非常にもったいない気がする。

名胡桃城《なぐるみじょう》になど手を出していなければ、氏直なり氏政なりが上洛していれば、減封を受け入れていれば——あるいは今も、小田原城の主《あるじ》は氏直だったのかも知れない。

十一日に自裁する直前、北条氏政は徳川家康に書簡を送っている。北条領を新たに徳川家が統《す》べると聞き、後事を家康に託す旨の書状であった。氏政は、全領地の検地図を家康に渡し、くれぐれも領民を労《いたわ》ってやって欲しい旨を書き送ったらしい。己が死を目前にしても、領民への想いを忘れない。北条氏と氏政の思想が偲ばれる逸話ではないか。

「一点だけ、あらかじめお断りしておかねばならぬ儀がござる」

今朝、小田原城を出る直前、茂兵衛は氏直と氏規に、おずおずと申し出た。

「茂兵衛殿、なんでござるか？」

今年二十九歳になる氏直が答えた。顔が父の氏政と非常によく似ている。立派な容貌だ。妻は家康の娘（督姫《とくひめ》）だから、茂兵衛から見れば主人の娘婿である。粗相があってはならない。娘婿云々でなくとも、敗軍の将に不快な思いをさせるのは、茂兵衛の信条にもとる。

「実は、北条衆の残党が、お行列を襲い、氏直公をかどわかさんとする恐れこれあり。よって鉄砲隊は弾を込め、火縄を準備しての行軍と相成りまする。どうかお気を悪くなされませぬように」

　と、頭を下げた。

　ちなみに火縄の準備とは、胴火《どうび》と呼ばれる金属製の火縄入れに、火が着いた火縄を挿しこみ、燃えた状態のまま安全に持ち歩く。撃つときは、胴火から火縄を引き抜けば、そのまま火鋏《ひばさみ》に装着し、すぐに撃てる。

「なんの。お気遣いは無用にござる」

　氏直が、明るい笑顔を見せた。彼なりに気を遣っているのだろう。岳父家康の陳情工作により、かろうじて腹を切らずに済んだのだ。茂兵衛に対する態度も、偉ぶったところは微塵も感じられない。

「茂兵衛殿の鉄砲隊の御用心は、むしろ心強き限りにござる。もし左様な不心得者が湧き出れば、拙者の方で『戦はもう終わったのだ』と、縷々《るる》説諭致しますので、その辺は御放念下され」

「畏れ入りまする」

　と、再び深々と頭を下げた。

　弾の装塡は、不心得者に対する鉄砲隊の用心であることに間違いないが、本当のことを言えば、銃口は氏直の方にも向いているのだ。家康は、氏直の随伴家臣を三十人と定めた。娘婿の名誉を重んじる故の数だとは思うが、警護をする側としては、三十人はちと多過ぎる。幾ら甲冑を着ていないとはいえ、彼らが一斉に刀を抜けば相当な戦闘力だ。さりとて主人家康が決めた数に異論は挟めない。茂兵衛が鉄砲隊に弾を装塡させ、火縄を準備させておきたくなった理由である。

昨夜、大久保忠世は茂兵衛に命じた。

「もし、氏直公が異心を持たれるようなら、殿様にも督姫さまにも遠慮は要らねェ。躊躇《ちゅうちょ》なく撃ち殺せ」

（七郎右衛門様……簡単に仰るけどよォ）

と、内心で苛ついた。

「しかし、氏直公は徳川家の婿殿にございまするぞ」

過激な下命を受けて狼狽《ろうばい》する茂兵衛に対し、忠世は口元を歪めて薄ら笑いを浮かべた。

「なら撃つな。その代わり、不始末の尻拭いは、おまん一人でやれや」

「そんなに角のたつ仰り方をなされずとも宜しいのでは？」

温厚な茂兵衛も、さすがにムッとした。

「なにが角が立つか。撃つのが鉄砲隊の役目だがね。それを撃ちとうないとグズグズ抜かす、おまんが悪い！」

「……な」

再反論は、不毛なので止めておいた。撃たずに氏直を逃がせば、役目の過怠を問われる。撃てば家康とその娘から恨まれる。退くも地獄、進むも地獄、相も変わらず、損な役回りばかりだと、溜息をついた。

三

茂兵衛は寄騎たちに、旅の道すがら「お供の北条衆にできるだけ話しかけろ」と命じていた。北条とはわずか十七日前まで敵として対峙していたが、そうそう激しくやり合ったわけではない。さらに北条の降伏後は、むしろ徳川は彼らの庇護者のような立場にある。案外、打ち解けることも可能なのではあるまいか。角突き合わせ、いがみ合って旅をするより、和気藹々《わきあいあい》と歩く方が余程いい。喧嘩や衝突も少なくなるだろうと考えたのだ。

「や、やあ……お暑いですなァ」

「……お、お暑いですな」

辰蔵が、同年配の騎馬武者に明るく声をかけると、緊張感のある返事が戻って来た。

「拙者は徳川家家臣、木戸辰蔵と申しまする。貴殿は？」

「北条家家老大道寺駿河守《するがのかみ》が家臣、大道寺平蔵《へいぞう》と申します」

「だ、大道寺……」

家老の大道寺政繁は四日前、秀吉の命により切腹している。

「主人は、我が伯父でもござった。松井田城《まついだじょう》に籠ったが、説得を受けて降伏、以降は無駄な血が流れぬよう、各支城を説得して回ったのです。十を越す支城を無血開城させたものでござる。ところが、下ったお裁きは自刃……手前はどうにも合点が参りませんわい」

大道寺政繁は早い時期に降伏し、以降は豊臣方の先鋒として各地を転戦した。それなりに武功も挙げた。ところが、何故か秀吉は大道寺を嫌い、同僚の松田憲秀とともに、切腹を命じたのだ。

何故、早々と投降し、以降は大坂方のために働いた大道寺を、秀吉は厳罰に処《お》したのか？　茂兵衛が見るに、大道寺政繁は「投降後に働き過ぎた」のだ。忍《し》城《じょう》攻めでも、八王子城攻めでも、率先して戦ったし、城の抜け道や弱点を大坂方に躊躇なく教えた。いかなる世の中でも裏切り者は軽蔑される。裏切り直後の大活躍が、秀吉の美意識に合わなかったのだろう。

「あ、あの……」

さしも機転の利く辰蔵でも、さすがに怒りと悲しみに暮れる大道寺家旧臣への対応に苦慮し、早々に傍を離れた。事程左様に、敗者と勝者が、そうそう簡単に意気投合できるわけもない。茂兵衛の謀《はかりごと》は見込みが甘く、あまり奏功しなかったようだ。

それでも、言い出しっぺの茂兵衛は頑張った。氏規と轡を並べて馬を進めたのである。

意外に氏規は、よく喋った。

上機嫌というのも違うが、少なくとも「俯いて押し黙る」という風ではなかった。大道寺家の旧臣のように、憤懣をぶつけるということもない。なにか吹っ切《き》れたような印象だ。茂兵衛は、ちょうど十日前に、兄二人の介錯をした直後の死人《しびと》のような彼の顔を間近で見ている。まるで別人のようだ。一体全体、なにがあったのだろうか。

「当然、理由《わけ》がござってなァ」

氏規が、サバサバとした表情で語り始めた。

「それはいかなる？」

茂兵衛が、鞍上《あんじょう》から身を乗り出して訊いた。

「家康公よ」

「え？」

漆黒の仁王《におう》が、ブルンと鼻を鳴らして首を振った。

「と、殿様ですか？」

「左様」

と、頷いた氏規は周囲を見回した後、顔を寄せ、声を潜めた。

「実はな。兄たちが自裁した夜、ワシの天幕に、なんと家康公が直々に訪ねてみえたのでござるよ」

「ほう」

(珍しいことだがや)

珍しいこと――肥満体でもあり、家康は自ら動くことが少ない。もし氏規に用事があったにせよ、側近なり近習なりに因果を含めて、代わりに遣わすのが日頃の家康なのだ。

（氏規様が御自害されそうになったと聞いて、自ら足を運ばれたのかも知れねェなァ。殿様はよく、氏規様を朋輩《ほうばい》とか竹馬の友とか呼ばれるが、ありゃあ存外、本心からのお言葉なのやも知れんわなァ。あの狸親父《たぬきおやじ》、なかなか可愛げがあるじゃねェか）

家康の意外な一面を見た思いがして、茂兵衛は少し嬉しかった。

「家康公はワシに訊ねた。北条氏規が自害して一番喜ぶのは誰か？　とな」

「なるほど、なるほど」

察した茂兵衛が幾度か頷いた。答えは言わずもがなであろう。あの時、氏規は秀吉に対する怨嗟《えんさ》を隠そうともしなかったが、それがそのままの回答だ。

「その憎《にっく》き相手を『喜ばせるようなことを貴公はなさるのか』と、あの大きな目玉で睨まれながら、厳しく問い詰められたわい」

氏規が寂しく笑った。家康の論拠は明確だった。氏規は「生きる」ことを決心したという。

「そもそも」

氏規は、開戦に至るまでの様々な経緯を話してくれた。もう隠しても仕方がない、失うものはなにもないのだ、とでも言いたげだ。

「要は、ワシを含めて、北条は秀吉めに上手く騙されたのでござるよ」

と、自嘲した。箱根湯本の辺りから、徐々に勾配が厳しくなり始めた。周囲の深い森では、夏蟬と寒蟬が入り交じり、盛んに鳴き競っている。いかにも晩夏の風情だ。

「貴公、富田一白《とみたいっぱく》と津田盛月《つだもりつき》を御存知か？」

「確か、大坂から派遣された交渉役にござったなァ」

和睦の交渉のために、大坂から小田原に派遣されて来た使者である。その二人がそもそも曲者《くせもの》だった。酒を出すと痛飲し「自分たちは、故信長公の旗本であって、サルめの家来ではござらん」と酔眼朦朧《すいがんもうろう》、辺り構わず秀吉批判を繰り返したというのだ。

「ほうほう」

今や秀吉は万人が認める天下人である。酒の上とはいえ「サル」なぞと呼ばわって大丈夫か。むしろ氏規の方が心配になったという。

「その上で、秀吉と跡継ぎである秀次の間には大きな確執があり、豊臣家内部は今やバラバラの状態だと説いたのでござるよ」

「はあはあ」

なんだか話の先が朧《おぼろ》げに見えてきた。

「ワシの方でも、大坂城内の消息は色々と集めておったさ。そこに抜かりはなかった。秀吉と秀次の間に確執があると言われれば、それなりに信憑性があり、合点が行ったのでござるよ」

嘘をつくときの要諦は「本当らしい嘘」「有りそうな嘘」を用いることだ。荒唐無稽な話で騙される人は少ない。

事実として、小牧長久手戦《こまきながくてのいくさ》の折、秀次は大失態を演じた。徳川方の奇襲に慌てふためき、配下の将兵を置いて一人逃げ出してしまったのだ。秀吉は強く秀次の卑怯な行動を詰り、伯父甥の信頼関係は崩壊したという。

酔った富田と津田は続けて、今の豊臣政権に「十万、二十万の軍勢を小田原に送るだけの力はござらん」と断言したそうな。

「断言ですか」

「ああ、断言しましたぞ」

「それが北条様を油断させる罠であったと？」

「で、ござる」

と、氏規は頷いて茂兵衛の目を睨み、さらに続けた。

「これが罠だと気づいたのは、上方勢に城を囲まれた後にござれば最早手遅れ。『馬鹿の知恵は後から』とやら申しますからなァ、富田と津田が『しめしめ』とほくそ笑んでおったのかと思えば、腹が立って、腹が立って……ハハハ」

「お察し致しまする」

事実として、この後も津田と富田は、秀吉から重く用いられ続けた。特に富田は、この直後に加増されて二万余石の大名となり、豊臣姓まで下賜された。大厚遇である。津田も三万石の大名として、秀吉の側近であり続けた。

そこに駄目を押したのが、信頼する徳川家の重臣、大久保忠世だ。生前の氏政が憤懣遣る方なしといった風情で、茂兵衛に示して見せた例の書状である。毎度毎度「秀吉は来ない」「攻める攻めると言っているだけ」「いざとなれば徳川がお味方する」と忠世は繰り返していた。

（なにを考えとるのか、あの御仁ばかりは）

茂兵衛は、忠世の団栗眼《どんぐりまなこ》を想起しながら嘆息を漏らした。

「ワシの『秀吉とは和睦すべし』という考え方は、大坂城に実際に伺候して、肌で感じた曰く言いにくい直感でござった。ところが評定の席で『ワシはこう感じた』と説いても、説得力が弱いのでござるよ」

　結局、北条家の評定は「大坂方は兵を出せない」との結論に傾いた。和睦を説く氏規の言説に耳を貸す者はいなくなった。結果、領地への欲望が抑えきれなくなり、ついつい名胡桃城に手を出してしまったという経緯だ。

「なるほどね」

昨年以来もやもやとしていた謎が、今スッキリと解けた。茂兵衛の疑念は確信へと変化した。同時に彼は「怖い」とも思った。

富田、津田、忠世に「秀吉は来ない」と言わしめたのは誰か？　十中八九、秀吉自身だろう。大坂で会った石川数正もそう仄《ほの》めかしていた。そしてその策を秀吉に授けたのは誰か？　名胡桃城や大坂城での必死の振る舞いを見れば、真田昌幸の可能性が高い。

北条が潰れた結果、大久保忠世は小田原城主に納まり、真田昌幸は名胡桃城はおろか沼田《ぬまた》一郡を手に入れた。

（真田昌幸……源三郎《げんざぶろう》様は、本当にあの狒々《ひひ》爺《じじい》の種なのかな？　あまりに違い過ぎていて、こちらが不安になるわい）

ちなみに、年寄り臭く見える真田昌幸だが、実年齢は本年とって四十四歳で、茂兵衛と一緒だ。

「あの、美濃守様？」

茂兵衛は、さらに声を絞って質した。

「はい」

「生前の氏政公が、大久保七郎右衛門様からの書状を、我らに御披露して下さいましたな」

「ああ、石垣山の一夜城が完成した日でござった」

一夜城完成は六月二十六日で、本日は七月二十一日である。遠い昔の出来事のようにも思えるが、わずか一ヶ月《ひとつき》足らず前のことだ。

「あの折、小田原城からの帰途、美濃守様はそれがしに、書状の件はしばらくの間、他言無用にした方がよいと仰せでしたな」

「はいはい。確かにそのようなことを申しました」

「現状において、あの件はいかが致すべきでしょうか。主人家康に伝えるべきか、伝えざるべきか悩んでおりまする。七郎右衛門様に私怨があるわけではなし。むしろ恩義がござる。美濃守様の御意見を伺えればと存じまするが」

茂兵衛の問いかけに対し、氏規は「ふむ」と一言呟いた後、しばらく考えてから回答した。

「今やもう大久保殿が秀吉に調略されているのは明らか。事実を事実として淡々と家康公にお伝えしても差し支えないのでは？　今後大久保殿をどのように用いるか、罰するのか……その辺の匙加減《さじかげん》は、家臣の分際には過ぎる。家康公に委《ゆだ》ねるべきかと思いまする」

「なるほど。確かに」

氏規との会話はそこまでだったが、その後の茂兵衛は、独り仁王の鞍上で自問自答を繰り返した。

（殿様は、俺が氏政公の手紙の件を伝えると、俺から聞かされて初めて七郎右衛門の裏切りを知ったと、芝居っけたっぷりに激怒してみせるはずだわ。その上で大久保党に何某《なにがし》かの制裁を加える。下手すりゃ団栗眼を誅殺《ちゅうさつ》しかねねェ。つまり、大久保党の恨みは、密告者である俺に全て来るとゆうわけさ。殿様らしいやり口よ。あの狸は、いつもそうだがや）

さすがに、彦左衛門《ひこざえもん》や忠佐《ただすけ》との友情にも罅《ひび》が入るだろう。茂兵衛は、大事な仲間を二人、一度に失くすことになる。

（ならば、いっそ手紙の件を伝えるのは止めておこうか）

どうせ家康は、忠世が秀吉と繋がっていることに気づいているはずだ。家康という男は、少なくとも茂兵衛の五倍は狡賢《ずるがしこ》いし、十倍は目端が利く。わざわざ茂兵衛が伝えなくとも、すべては先刻承知で、必要な処置は過不足なくとるだろう。秀吉と忠世が組んで徳川に災いをもたらそうと画策しても、舵取りを間違うことはないはずだ。

（や、本当にそうか？　大丈夫か？）

秀吉も相当に狡賢いし、さらに秀吉の後ろには、真田昌幸までがついている。表裏《ひょうり》比興《ひきょう》之者《のもの》と呼ばれた策士だ。

（やっぱ、ちゃんと伝えとくのが忠義の道ってもんかも知れねェなァ。でもよォ。だからって、大久保党から俺だけが恨まれるのは嫌だしなァ。彦左も忠佐様も、俺にとっちゃええ朋輩だがね）

「茂兵衛殿、御覧《ごろう》じろ」

黙って馬を進めていた氏規が、森の梢《こずえ》を指さして、思案中の茂兵衛に声をかけてきた。

「はい？」

「ほら、見事な鷹じゃ」

見れば一羽の大鷹が杉の梢にとまり周囲を睥睨《へいげい》している。腹の縞模様が目立つ中型の猛禽だ。黒い眼帯と白い眉斑がいかにも剽悍《ひょうかん》そうである。元々、光の当たり具合で体が「青く」見えるところから青鷹《あおたか》と呼ばれ、それが訛《なま》ってオオタカとなった。大きさは鴉《からす》ほどで、決して大型の鷹という意味ではない。

「美しい鳥にございますなァ」

「鷹狩りもしたいが……高野山ではちと無理か」

と、寂しげに笑った。高野山は聖域である。娯楽で殺生などしたら一大事だ。ちなみに、家康も鷹狩りは大好きである。駿府での幼少時、家康と氏規は鷹狩りが縁で親交を深めたとも聞く。

（あ、鷹と言えば……佐渡守《さどのかみ》様か）

本多正信は、若い頃に三河一向一揆へと身を投じ、敗戦し、いったん徳川を離れた。浪人していたが、大久保忠世の口利きで帰参が許されたのだ。帰参当初は鷹匠として家康に仕えた。

（佐渡守様の帰参を手助けしたのは七郎右衛門様だ。さぞや恩義に感じておられるだろう。ちょうどいいや。七郎右衛門様が北条に出した書状の件は、殿様には伝えず、佐渡守様にだけ報せておこう）

忠世に恩義を感じている正信が、それでも「殿に伝えておかねばなるまい」と判断するほどなら、それは本当に「伝えた方がいい」場合だろう。逆に、そこまで緊急性がないなら、正信は忠世に不利になるような情報を、わざわざ家康には伝えまい。家康自身も「ワシに言いにくいことがあれば、佐渡に伝えておけ」みたいなことを茂兵衛に言ったことがある。

「鷹は、飼い主への忠誠心が強い、よい獣《けもの》にございまするなァ」

心配事が解決し、茂兵衛は明るく氏規に微笑みかけた。

四

小田原を発ってから、旅は四日目に入った。一行は駿河国の草薙《くさなぎ》を過ぎた辺りで、東海道を西へ西へと進んでいた。駿府はもうすぐだ。

往還《おうかん》は、大木が聳《そび》える太古の暗い森を突っ切っていた。季節柄、林床はびっしりと丈の高い雑草に覆われており、まったく見通しが利かない。ある意味、待ち伏せには最適な場所だ。茂兵衛は手を上げて行列の歩みを止めた。

「小久保《こくぼ》、槍を一組連れて様子見てきてくれや」

「承知ッ」

小久保という名の若い六番寄騎が、十人の槍足軽を率いて暗い森の中へと消えていった。

「慎重ですな」

氏直が茂兵衛を見て笑顔を浮かべた。

「こう見えて、怖がりでござってな」

と、茂兵衛も微笑みを返した。しばらくして小久保が戻ってきた。

「異状なしにございまする」

「よし、行こう」

しんとした森の中を一町（約百九メートル）ほども進んだとき、馬上の茂兵衛は、ふと違和感を覚えた。

（ん？　蟬、鳴いとらんぞ）

逝《い》く夏を惜しむかのように、さかんに鳴いていた蟬たちが、いつの間にやら沈黙している。

不安に駆られた茂兵衛は、仁王の鐙《あぶみ》を軽く蹴り、氏直と氏規の馬のすぐ背後へと移動した。用心をするに越したことはあるまい。

(俺らは、四百人近い行列だ。そんなのが通りかかれば、蝉も驚いて鳴き止むか。そうそう心配することはねェのかも……)

そう思いながらも、目を半眼にしてゆっくりと首を振り、周囲の森を窺った。半眼にして眺めると、森の中で動くものだけが目に入り易くなる。十年以上前、高根《たかね》砦の砦番をやっていたころ、案内の猟師から習った技だ。あの猟師の名は、何と言ったか？　そうそう鹿丸《しかまる》だ。

「ん？」

半町（約五十五メートル）右手の草叢《くさむら》の上に人の頭が半分だけ出ている。明らかに鉄砲を構え、銃口をこちらに向けているではないか。

「敵襲ッ！」

そう叫ぶと同時に身を乗り出し、談笑しながら馬を進めていた氏直と氏規の襟首をムンズと摑み、二人を鞍から引きずり落とした。

「わッ」

「あッ」

ダ————ン。

驚いた二人が叫び声を上げるのと、銃声が森に轟《とどろ》くのが同時だった。

チュイ――――ン。

鉛弾は、茂兵衛の顔の直前一尺（約三十センチ）を通過した。肌に風を感じた。背筋が凍る瞬間だ。

ギギギギッ。ドシ――――ン。

ギギギッ。ド――――ン。

行列の前方半町（約五十五メートル）と後方半町でそれぞれ大木が倒れ、道を塞いだ。これが偶然であるはずがない。待ち伏せだ。

（氏直公と氏規様を守らねば！）

道の前後を塞がれ、左右は深い森だ。馬を疾駆させて氏直たちを逃がす方法はまず採れない。倒木で分断された鉄砲隊や槍隊が駆けつけてくるまで、しばらくこの場所を守り、少人数で持ちこたえねばなるまい。

「騎馬の者は即刻下馬せよ。馬で氏直公と氏規公をとり囲め。構わん、馬を楯とせいや」

そう茂兵衛が叫ぶと、騎馬武者たちは鞍から我先に飛び下り、馬を引いて氏直と氏規を囲んだ。

ダ――――ン。

次弾がきた。最前とは別の場所で火柱と白煙が上がった。襲撃者は、少なくとも二挺の鉄砲で武装している。

チュイ————ン。

敵弾が飛び去った。今度は少し狙いが高くて助かった。

その間に、左馬之助と辰蔵が鉄砲隊をまとめた。馬の陣地の外側に二列横隊で放列を敷かせ、迎撃態勢を整えたのだ。配下の鉄砲隊を敵の銃弾に晒し、自分だけ安全な馬の陣地内にいていいものか、少し迷ったが、氏直と氏規を守ることが主たる任務である。茂兵衛は二人の傍にいることに決めた。

それにしても、射撃の準備をさせておいて良かった。鉛弾はすでに装塡してあるし、火縄は胴火の中で燃えている。

「御無礼致しました。御両所様《ごりようしよ》、お怪我《けが》は？」

馬体に囲まれた即席の掩蔽陣地《えんぺいじんち》の中で、氏直と氏規に声をかけた。なにせ貴人二人を馬から引き落としたのだ。謝罪は必要だろう。

「怪我は大丈夫だが、驚いたぞ」

「や、むしろ命を救われ申した。かたじけない。危ないところでござった」

ダ————ン。

一頭の馬が、苦しげに鼻を鳴らし、ガクンと膝を折った。被弾したのだ。この調子で馬を撃たれ続けると、遮蔽物がどんどん小さくなっていく。

（ただ、襲撃者はそんなに大人数じゃねェな。鉄砲も数挺が関の山だら）

不意を突いて、大木を倒して行列を分断したまではいいが、攻撃が散発的だ。もし十分の戦力があれば、一気呵成《いっきかせい》に突っ込んでくるだろう。数に自信がない証だ。

「左馬之助、おるか？」

「はい、お頭《かしら》ッ」

馬の陰になり姿は見えないが、頼りになる筆頭寄騎から返事が戻ってきた。

「鉄砲隊は進行方向右手にのみ配置させよ。右手の森を狙って撃て。左手の森には全槍隊を突っ込ませろ」

茂兵衛は、片面ずつ確実に敵を排除していこうと腹を決めた。まず鉄砲隊に右手の森を牽制させ、その隙に槍隊で左の森を制圧する。左手の森の安全を確保した後に、今度は槍隊を右手の森に入れ制圧させるつもりだ。相手は茂みに隠れている。白兵戦に強い槍足軽の出番である。

「槍隊の指揮は辰蔵に執《と》らせろ」

ねばならない。

「委細承知」

ダ――――ン。

また一頭が、悲鳴をあげて倒れた。なんぼなんでも馬が哀れだ。早く何とかせねばならない。

「槍隊、突っ込めェ！」

辰蔵が二十人ほどの槍足軽を率いて、左手の森へと突っ込んで行った。今は二十人だが、倒木で分断されていた味方の将兵が、幹を乗り越えて続々と集まってきている。本来のこちらの戦力は、総勢四百人に鉄砲が百挺だ。襲撃者が寡兵であることは確かだから、態勢さえ整えばまず負けることはあるまい。

「放てッ」

ダンダンダンダン。ダンダンダン。

まだ百挺は揃わないが、五十挺ほどの鉄砲が右手の森を掃射した。

バタバタ。バタバタ。

放たれた銃弾の幾発かが、立木に当たり、幹に深々とめり込んだ音がけたたましく響いた。

「左馬之助、斉射を続けろ。次には槍隊を突っ込ませるからな。右の森を綺麗に掃除しとけや」

「承知ッ。鉄砲隊、構えッ」

もう五十挺ではない。数が増えて百挺近くになっている。

「木の上におる。敵の鉄砲が大枝に上っとります」

誰かの声が叫んだ。左馬之助が素早く反応した。

「目標、大枝上の敵鉄砲、火蓋を切れ」

カチカチカチ。カチカチカチ。

足軽たちが右手親指で火蓋を前へと押し出し、火皿の口薬《くちぐすり》を露出させた。

ダ——————ン。

一瞬早く大枝上の鉄砲が火を噴いた。運の悪い茂兵衛配下の鉄砲足軽が一人、後方へと弾き飛ばされた。なかなかの威力だ。少なくとも六匁筒《ろくもんめづつ》、ひょっとすると十匁筒かも知れない。

「放てッ」

ダンダンダンダン。ダンダンダンダン。

百発近くの鉛弾が集中し、大枝は狙撃手もろ共に草叢の中へドウと落下した。

「随分真っ直《す》ぐに伸びた木だが、あんなのにどうやって上った？」

小六の呆れたような声が聞こえた。確かに、手掛かり足掛かりのない真っ直ぐな木の幹は上りにくいはずだ。

「茂兵衛殿、襲撃者は風魔《ふうま》の一統やも知れん」

と、氏規が囁いてきた。

風魔一族は、北条氏が初代早雲の頃から追い使ってきた乱破《らっぱ》、素破《すっぱ》を得意とする野伏《のぶせり》の集団だ。極めて好戦的な連中で、和睦派の氏規を目の敵《かたき》にしていたという。いわゆる「忍の技術」を持つ者も多くいて、彼らなら真っ直ぐな幹も容易《たやす》く上ることができるだろう。

「では、敵の狙いは氏直公ではなく氏規様だと仰せか？」

茂兵衛が質した。

「左様。ワシはあちこちから随分と嫌われとりますからのう」

「なるほど。では氏規様、安全の確認が済むまで、しばらくこの陣地から出ないで頂きまするぞ」

「馬にはすまぬが、今少し弾避けになってもらおうか」

なぞと喋っているところへ、槍足軽三人が杣人《そまびと》風の大男を連行してきて、茂兵衛の前に引き据えた。

「なんだら？」

「道を塞いだ大木を、切り倒した奴にございます。土地の者だとゆうとります」

足軽が茂兵衛に報告した。

「おまん、風魔の者か？」

茂兵衛が大男に質した。

「ふ、風魔？　なんです、それ？　聞いたこともございません。手前は堅気の樵《きこり》ですわ」

赤銅色《しゃくどういろ》に日焼けし、がっちりした体軀《たいく》の男だ。樵と言えば、そうとも見える。一方で、目がトロンと濁って焦点が合わず、口は半開きだ。

「堅気の樵が、武家の行列を襲うのか？」

(それにしても……つくづく阿呆面だのう。まるで大きな猿だがね)

風魔一族は妖しの術を使い、間諜や物見、乱破や素破として情報収集に従事する。そんな危険で厄介な役目、馬鹿には務まるまい。この大男は言葉の通り、地元の樵なのだろうと確信し、多少気を緩めた。

「奴らから、ゆうことときかんと殺すって脅されたもんでね」

「奴らって誰だら？」

「お武家ですよ。お武家」

埒《らち》が明かない。

「よし分かった。たとえ脅されたにせよ、我らが行列を襲ったことは認めたんだら。構わん。この場でこ奴の首を刎ねよ」

と、三人の槍足軽に命じた。無論、本気で首を刎ねさせる気はない。隠し事があるか否か、脅して確かめようというだけだ。

「ちょ、ちょっと待って下せェ」

大男は狼狽したが、槍足軽たちは委細構わず立ち上がり、首を刎ねる準備を始めた。最前、仲間の一人が敵の銃弾に倒れている。三人の足軽たちは、大男に情けをかけるつもりは一切ないらしい。二人が大男を押さえつけ、一人が腰の大刀をスラリと抜き放った。数物《かずもの》の錆刀《さびがたな》だが、首一つぐらい余裕で落とせる。

「ちょっと、ちょっと、ちょっと」

大男の頬は引き攣《つ》り、顔面は蒼白になった。

(へへへ、上手いぞ。これだけビビらせれば、知ってることはなんでもペラペラ喋るだろうよ)

「お待ち下せェ。お殿様にお見せしたい品がございます」

「なんら？　見せてみりん」

「でも、これじゃあ……」

と、左右から腕を押さえている二人の足軽を交互に見た。

「放してやれ」

と、茂兵衛が足軽たちに命じた。

「それはですね……」

大男は、ニヤリと笑って己が懐に手をさし入れた。

「こらッ」

茂兵衛が危険を感じて一歩踏み出したその刹那、大男は懐から摑み出した拳大の「なにか」を地面に叩きつけた。

バンッ。

閃光と爆発音が辺りを幻惑し、茂兵衛以下は一瞬怯んだ。

「美濃守、死ねッ」

大男は、足軽の腰から機敏に脇差を抜き取り、氏規に駆け寄ろうとしたのである。

（いかん、こいつの阿呆面は芝居だがや！）

氏規は甲冑を着けていない。刀は佩《お》びているが、抜いている暇はなかろう。狂気の刺客は、茂兵衛の手で制するしかない。茂兵衛も走り出し、大男の腰に背後から飛びついた。

「おらァ！」

そのまま大きく振り回し、押し倒し、もみ合いとなった。大男は脇差を手にしている。対する茂兵衛は得物を抜く暇がない。まずは手首を摑んで、刃物を自由にさせないことが肝要だ。

ただこの男、膂力《りょりょく》がやたらと強い。

茂兵衛も人並み以上だが、危うく手が振り解《ほど》かれそうになった。振り解かれれば、脇差で刺されよう。茂兵衛は甲冑を着込んでいるが、首や腋の下を狙われれば命に関わる。

（わッ、わッ、この馬鹿力がァ）

背筋を冷たい汗が流れるのが分かった。反射的に兜を被った頭で、大男の後頭部に頭突きを食らわした。

ガンッ。

「あがッ」

ガンッ。ガンッ。

二度三度と頭突きを叩き込むと、大男の膂力が明らかに弱まった。

「お頭、助太刀ッ！」

小六が飛びかかり、大男の右手の脇差を叩き落としてくれた。

（小六、でかした！　さすがは俺の甥だ！）

これで刺される心配はない。さらに頭突きを加え、得物を失い気落ちしたのか、大男の体から力が抜け落ちるのがハッキリと伝わった。身を入れ替えて組み敷き、敵の上腕を両膝で押さえ込んだ。これでもう一安心。

「阿呆を装うな、この大たァけがァ！」

そう叫んで、顔を強か《したた》に殴りつけた。

ボクッ。ボクッ。

怒りに任せて幾度も殴ると、顔の皮膚が破れて血が滲んだ。

「茂兵衛殿、殺してはならぬぞ。口を割らさねば。風魔の消息を訊きたい」

氏規の声でようやく正気に戻り、殴る手を止めた。

ド――――ン。

その時、森に重たい銃声が轟き、皆が首をすくめた。

「こらァ。なんじゃおまん！」

「殺せ――ッ」

「ぐえ――ッ」

左手の森から銃声と怒号とそれに続く断末魔の声が聞こえてきた。森は薄暗いし、深々と藪が生い茂っている。なにがあったのか詳細が分からない。ただ、何か大事があったのは確実だ。

「どうしたァ？」

大男に馬乗りになったまま、茂兵衛が藪に呼びかけた。

「お頭、木戸様が撃たれ申したァ」

（えッ、辰が？）

「御無事かァ？」

小六が、森に向かって訊き返した。小六にとって辰蔵は叔母の連れ合いだ。義理の叔父に当たる。

「大怪我されとります。ひ、肘から下が千切れかかっとって……」

「小六、おまん、行って見てこい」

「はいッ」

五番寄騎が、次席寄騎の安否を確かめに藪の中へと分け入るのを見送った後、茂兵衛は組み敷いたままの大男に向き直った。

さあ、これから尋問だ——と、思ったのだが、大男が動くことはなかった。茂兵衛の下で事切れており、口元から鮮血が溢れ出していた。どうやら舌を噛み切ったようだ。

終章　再会

　小六が連れ戻った辰蔵は、負傷していた。茂みに隠れていた襲撃者が、近距離から発砲し、弾が辰蔵の左腕を撃ち抜いたのだ。

「悪いことに、十匁筒だったもので……」

　と、小六が困惑の表情を浮かべた。

　十匁筒は別名「士筒《さむらいづつ》」とも呼ばれ、鉛弾の直径が六分（約十八ミリ）もある。強力ではあるが、弾が大きい分、空気抵抗も盛大で、半町（約五十五メートル）も飛ぶと威力は半減した。ただ、近距離で押し付けるようにして撃たれると、これはもう体に大穴が開く。

　左の森を捜索していた辰蔵は、二間（約三・六メートル）の距離から放たれた十匁弾を左腕に受け、肘の辺りを骨ごと撃ち抜かれてしまったのである。現在、肘から下は、ぶら下がっている状態だ。

「辰、具合はどうだい？」

茂兵衛は、横たわる義弟に努めて明るく声をかけた。

「ああ、不思議なもんだァ。ちっとも痛くねェんだわ」

よく日焼けした辰蔵の顔だが、不思議に血の気が失せ、青白い顔をしているのがよく分かる。それでも義弟は無理に微笑《ほほえ》んでくれた。

小六が、辰蔵の左籠手《こて》を切り裂き、傷の心臓側を晒《さらし》で幾重にも縛ってくれていた。不完全ながらも止血したことで、傷の酷さを思えば出血はだいぶ少ない。

ただ、茂兵衛の経験からすると、傷が痛まない、痛みを感じないときの方が、より怪我は深刻なものだ。

「撃った野郎はどうした？」

茂兵衛が吐き棄てるように、小六に質《ただ》した。

「その場で、配下の槍兵たちが群がり、滅多刺しにしたそうです」

「ほうかい、そりゃよかったわ」

一応、落とし前はつけてきたようだ。となると今必要なのは、腕のいい金瘡医《きんそうい》に辰蔵を診せることに尽きる。

「三十郎、富士之介、おまんら、すまんが馬を飛ばして駿府《すんぷ》まで行ってくれ」

駿府城と江尻城《えじりじょう》は、ともにここから一里（約四キロ）ほど離れている。わずかに駿府の方が近いと判断した。それに、駿府なら徳川の本拠地だ。さすがに金瘡医ぐらいは見つかるだろう。

「事情を話して、すぐに医者をここへ連れて来い」

「委細承知」

富士之介らは馬に飛び乗り、大急ぎで西へと駆け去った。

「左馬之助、今後は本隊の前後四半里（約一キロ）に、それぞれ騎馬二騎、槍隊一組を歩かせろ。待ち伏せがありそうな場所は、特に念入りに調べさせるんだ。今すぐに出せ」

「承知ッ」

筆頭寄騎が駆け去ると、今度は氏規に向き直った。

「今後は北条衆で、お二人をとり囲むようにして進んで頂きます」

鉄砲による狙撃が怖い。北条侍三十人でとり囲み、遠くから氏規と氏直の姿が見えにくくするのが肝要だ。

「茂兵衛殿、義弟御《おとうとご》も一緒に連れていくのであろうな」

氏規が質した。

「や、動かすと血が流れますゆえ、人を付けて、この場に置いて参ります」

「ならばせめて、貴公もこの場に残られてはいかが、我らは大丈夫ゆえ」

「いや、そうも参りません」

茂兵衛の主たる役目は、氏直と氏規の護送だ。それが現実に敵襲を受けたのである。しかも相手はかなりの手練れだ。同じ場所に留まることは断じて避けねばなるまい。すぐにも移動すべきだ。辰蔵のことは心配だし、氏規の好意は心底からありがたかったが、礼だけ言って丁寧に辞退した。

「俺ァ行かなきゃならねェが、小六と槍足軽を十人残していく」

横たわる辰蔵の枕元にうずくまり、顔を覗き込んだ。

「辰蔵、たいしたこたァねェよ。すぐに治るさ」

辰蔵の左腕をチラと窺ったが、肘から下がすでに変色し始めている。血が通っていないのだ。じきに腐り始めるだろうから、早めに切断せねば命が危ない。

「金瘡医が来たら、まずは手当てを受け、後は駿府でゆっくり養生せい。俺が高《こう》野山《やさん》から戻ってくるまでには、元気になってろよ」

「な、茂兵衛……」

「あ？」

「俺の左腕、もう駄目なんだろ?」

「たァけ。そんなことあるかい」

本当は、むしろ左腕で済めばいいぐらいだ。問題は命である。

「松之助がおってよかったわ。俺、あいつに家督を譲るよ。へへ、今度の移封で、少しは加増して貰えそうだしな」

「もちろんだ。平八郎様や佐渡守《さどのかみ》様にもお頼みするし、俺自身も動く。おまんは兜首《かぶとくび》を挙げたし、殿様に名前と顔を覚えて貰った。大加増間違いなしだがね。跡取りの松之助は幸せ者よ」

ここで辰蔵は右手を伸ばし、茂兵衛の当世袖《とうせいそで》の辺りを掴んだ。

「おいこら……松之助はもう、おまんには返さねェぞ」

と、囁《ささや》いた。

「当たり前だァ。あの子は正真正銘、おまんの跡取り息子だがや」

「ああ、そうだとも……俺の倅《せがれ》だわ」

辰蔵は泣いている。茂兵衛も涙腺が緩みかけたが、かろうじて踏み止まった。

「お頭《かしら》」

左馬之助が駆け戻ってきた。

「三町（約三百二十七メートル）南に古刹《こさつ》があるそうです。そこの和尚が、若い頃は今川に仕えた金瘡医で、かなりの変人だが、滅法腕はええそうですわ」

「南に三町か」

駿府は西だから、本隊とは別行動にならざるをえない。ただ、駿府城までは一里（約四キロ）と少しある。富士之介たちが金瘡医を連れてきたにせよ、辰蔵を運ぶにせよ、瀕死の怪我人には遠すぎる距離だ。茂兵衛は、辰蔵の変色した前腕をチラと見た。一刻の猶予もならない。三町南へ走って、その変人の和尚に賭けるしかあるまい。

「よし、俺が呼んでくる」

と、立ち上がった。動かして血が流れるのは困る。医者をこの場に連れて来た方がいいだろう。

「お頭、拙者が参ります」

小六が進み出てくれたが、ここは茂兵衛がいくしかない。なにせ相手は変人だ。文句が出ようが、拒絶されようが、強引に何が何でも和尚を連れて来なければならないからだ。

駿河国《するがのこく》は、今はまだ徳川の版図内である。いかに坊主が変人でも、格式の高い寺でも、たとえ葬式の最中であっても、徳川の物頭《ものがしら》の呼びかけなら無下にはできないはずだ。それでも文句を言うようなら、髪を掴み、引き摺ってでも連れてくる。ま、坊主に摑む髪の毛があるのか否かはともかく。

「や、ここは俺がいく。おまんは辰についとれ」

と、小六を諭し、護送隊の指揮を左馬之助に委《ゆだ》ねた。氏規と氏直にも、正直に事情を話した。今後しばらくの間、役目を放棄することになる。戦線離脱だ。胸の奥がチクリと痛み、家康の苦虫を嚙み潰したような顔が、一瞬だけ脳裏に浮かんだ。

(辰は相棒だ。タキの亭主で、そして……そして松之助の親父だ。辰を死なせたら、俺の義は終わる。ふん。殿様が文句を言ってきたら、腹でもなんでも切ってやるがや)

と、三町南の古刹を目指し、仁王《におう》に跨《またが》り駆け出した。

暗い森を抜けると、明るい田園に出た。往還から逸れて南へ向かう道を、晩夏の陽光に照らされながら馬を急《せ》かせた。道の両側は見渡す限りの田圃《たんぼ》だ。この時季、稲は出穂期《しゅっすいき》を経て登熟期《とうじゅくき》を迎えている。緑の葉の中で、黄色い稲穂が揺れていた。

ガチャガチャ。ガチャガチャ。

仁王の歩様に合わせて、茂兵衛の草摺《くさずり》や当世袖の板札《いたざね》が騒がしく鳴った。陣羽織に兜を被《かぶ》った立派な武将が騎馬で駆けていく。野良で作業中の百姓が数名「なにごとか」と不思議そうに眺めていた。

（こいつら、さっきまで森の中でドンパチやってたのに、知らぬ顔で野良に出とるがね。呑気な野郎どもだわ。流れ弾に当たって死んでも知らんぞ）

心中でブツブツ言いながら進むうち、彼方に寺院らしい大きな茅葺屋根《かやぶきやね》が見えてきた。

寺の門前には、高貴な女性のものと思われる輿《こし》が数基置かれていて、幾人かの従者が屯《たむろ》していた。寺で法事でもあったのだろうが、危急の折である。

「御免ッ！」

迷惑は承知の上だ。玄関で大声を張り上げた。

「卒爾《そつじ》ながらそれがし、徳川家家臣植田茂兵衛と申す者にござる」

屋内で、ガタッと音がした。

廊下を小走りに近づく足音がして、中年の女性が玄関に姿を現した。彼女を見た茂兵衛は、思わず息を呑んだ。

「あ、あ、綾女《あやめ》殿？」

七年前、松之助を産んだ直後に死んだはずの女が、目を丸くして茂兵衛を見つめていた。